PODER

Sarah
Pinborough

PODER

Tradução de
Edmundo Barreiros

ÚNICA
editora

Gerente Editorial
Mariana Rolier

Editora de Produção Editorial
Rosângela de Araujo Pinheiro Barbosa

Assistente Editorial
Carolina Pereira da Rocha

Controle de Produção
Fábio Esteves

Tradução
Edmundo Barreiros

Preparação
Entrelinhas Editorial

Projeto Gráfico e Diagramação
Esper Leon | Nhambikwara Editoração

Revisão
Malvina Tomáz

Imagens de Miolo
iStockphoto

Capa
Eduardo Camargo

Imagem de Capa
Margarita Kareva / Trevillion Images

Impressão
Prol Gráfica

Única é um selo da Editora Gente

Título original: *Beauty*

Rua Pedro Soares de Almeida, 114
São Paulo, SP — CEP 05029-030
Telefone: (11) 3670-2500
Site: http://www.editoragente.com.br
E-mail: gente@editoragente.com.br

Dados Internacionais de Catalogação na Publicação (CIP)
(Câmara Brasileira do Livro, SP, Brasil)

Pinborough, Sarah
Poder / Sarah Pinborough; tradução de Edmundo Barreiros. — São Paulo: Única Editora, 2014. 4ª tiragem.

Título original: Beauty
ISBN 978-85-67028-14-9

1. Ficção inglesa I. Título.

13-13571 CDD-823

Índice para catálogo sistemático:
1. Ficção: Literatura inglesa 823

Para Lou e Joe Abercrombie

Grandes amigos e excelentes pessoas. Com amor.

CAPÍTULO 1

"Ele precisa de uma aventura..."

Aquela primavera estava quente, por isso o rei e a rainha tomavam o café da manhã na varanda de seus aposentos particulares, onde podiam aproveitar o ar fresco sem ser perturbados por nenhum tipo de protocolo. O sol estava quente, mas não chegava a queimar a pele, e o céu estava claro, mas não incomodava os olhos. Apenas o tema da conversa estragava aquele momento. Contudo, era uma conversa que os dois sabiam estar adiando havia muito tempo.

— Ele precisa crescer — disse ela, bebendo seu chá. — Infelizmente, acho que nós o estragamos.

— É muito difícil não estragar um príncipe — respondeu mal-humorado seu marido, o rei. — Sem dúvida, meu pai me estragou. Um príncipe deve se sentir superior. De que outro modo é possível se tornar um bom rei algum dia?

De tão estufada, a barriga do rei parecia querer sair através de seu grosso camisolão branco, e, quando ele pegou outro doce, a rainha ficou impressionada ao perceber como o tempo havia mudado todos eles. O belo e jovem príncipe com quem ela se casara havia desaparecido, engolido por aquele homem que parecia um urso. No entanto, tinha sido um bom casamento, por mais difíceis que as pressões infinitas da realeza lhe tenham sido, e em geral ele tinha sido um bom marido e um bom rei.

— Mesmo assim — acrescentou ela. — Ele é nosso único filho. Talvez tenhamos sido tolerantes demais.

— Talvez tenha razão — resmungou. — Em breve ele vai ter de se casar e constituir a própria família. Ele devia comparecer a mais reuniões do conselho. Dedicar-se mais ao treinamento com os generais para quando precisar liderar o exército. Aprender como funciona o sistema de coleta de impostos do reino, como prometeu. — O rei fez uma pausa e franziu o cenho. — Mas, afinal, o que ele faz com o tempo dele?

A conversa não teria começado se, ao se sentarem na varanda naquela manhã, não tivessem visto o filho único, a esperança do reino, o belo menino de ouro, subir cambaleando as escadas do palácio com a camisa encharcada de vinho. Uma conversa rápida com os criados revelou que aquilo tinha se tornado uma espécie de hábito: varar noites inteiras em tabernas e casas de má reputação com vários outros jovens de berço nobre, depois passar a maior parte do dia dormindo. De vez em quando, ele acompanhava a cavalo o grupo de caçadores. Na maioria das vezes, porém, não ia.

Tudo aquilo talvez fosse esperado de um jovem, mas parecia estar se tornando um estilo de vida, e não podia ser assim. O filho deles um dia seria rei, o que exigiria um grau de seriedade e respeito que naquele momento ele não tinha. A rainha tornou a olhar para o marido. Ele não era mais o homem forte como um touro que havia sido. O rosto estava avermelhado e com veias saltadas nas bochechas. Ele estava bem acima do peso. O destino do filho podia estar mais próximo do que qualquer um dos dois desejaria, e apesar de nenhum pai gostar de pensar nisso de seu próprio sangue, a rainha recentemente começara a se preocupar com a hipótese de que seu menino não estivesse à altura do desafio.

— Precisamos encontrar uma boa esposa para ele — disse. — Alguém de temperamento tranquilo e inteligente. — Era mais fácil pensar nas qualidades de uma futura esposa do que discutir os defeitos do príncipe.

— Ele vai querer uma mulher bonita — murmurou o rei e em seguida sorriu para sua rainha. — Eu tive sorte. Encontrei essa criatura realmente especial: uma mulher, ao mesmo tempo, bonita e inteligente.

A rainha não disse nada, mas compartilhou daquele momento de felicidade com ele, sabendo que o rei também sentia que os dois tinham vivido bem todos esses anos juntos. Sim, ela sofria de terríveis dores de cabeça e várias formas de ansiedade, mas lhe tinha sido uma boa conselheira por trás das portas fechadas de seus aposentos. E quando ele saiu da linha, como todos os reis o fazem — pois são os mais estragados de todos os homens —, a rainha não se importou, pois sabia que logo estaria de volta à sua cama. Afinal de contas, aquele era um casamento real, e ela experimentara a paixão antes disso, muito tempo atrás. Paixão e...

— Ele precisa de uma aventura — disse ela, pronunciando as palavras antes de refletir bem sobre o que havia dito. — Todas essas noites de loucura... não lhe fazem bem. O que ele precisa é de uma boa aventura.

— Humm... — disse o rei. — Tinha pensado nisso, mas mandá-lo para fora do reino? Nosso único filho?

— Um rei precisa conhecer o mundo lá fora — disse a rainha. — Ele precisa entender como os nove reinos são diferentes. Por que estão em guerra. Talvez encontrar um modo de fazer a paz com um inimigo. Ele não pode fazer nada disso aqui.

O rei entendia a sabedoria das palavras da esposa, e, em algum lugar nos recessos de sua mente, uma recordação se agitou.

— Meu avô viveu aventuras assim, você sabe. Quando eu era criança, ele me contava histórias de quando visitou uma terra distante e resgatou uma garota em uma torre, escalando os cabelos dela.

Os dois riram disso, e os olhos da rainha brilharam.

— Espero que ele tenha sido um homem magro.

— Eu quebraria seu pescoço antes de botar o primeiro pé na parede, não é? — O rei sacudiu a cabeça. — Uma história louca de um velho louco. Mesmo assim, acho que essa ideia de aventura faz sentido.

A rainha observou o marido mergulhar nos próprios pensamentos. Os olhos dele se estreitaram, e ela sabia que devia se calar e não interrompê-lo. Havia plantado sua semente, e agora o rei tentava imaginar o melhor tipo de aventura que o filho deveria viver. Uma que fosse importante o suficiente, não perigosa demais, e que pudesse beneficiar o reino. No fim das contas, o reino era a única coisa que importava.

Ela bebeu seu chá, recostou-se na cadeira e olhou para as torres bem acima e para as inúmeras janelas que reluziam ao refletir a luz brilhante do sol. Sua cabeça estava piedosamente sem dor, e nesse dia não havia compromissos oficiais nem almoços, com mulheres nobres, aos quais comparecer. Os passarinhos cantavam nas árvores, e, abaixo deles, o burburinho da cidade que despertava ficava cada vez mais alto. Ela estava contente com sua sorte.

— Acho que já sei — disse por fim o marido. — Acho que descobri a coisa perfeita.

No jantar, o rei falou com o filho sobre o assunto. Por ser um rei relativamente sábio, convidou vários nobres influentes e seus filhos para os acompanharem no jantar. Um príncipe era tão propenso a se curvar à pressão de seus pares quanto qualquer outro jovem, e, agora que o rei e a rainha tinham tomado sua decisão, ele não ia tolerar nenhum argumento do filho contra a missão que estava prestes a lhe atribuir.

— Praga? — disse o príncipe depois que o pai começara a falar. — Que tipo de praga?

— Não sei — respondeu o rei. — Pode ser apenas uma lenda. Tudo o que as pessoas sabem é que antigamente, bem no coração da floresta, aos pés do Monte Ermo, havia uma cidade muito rica. Um décimo reino. Diz a história que, há cerca de um século, a cidade foi assolada por uma praga terrível. A floresta, tão rica em magia e tão perto da encosta da montanha, fechou-se em torno dela, e as árvores e os espinheiros cresceram tanto e ficaram tão densos, que a cidade e todos os seus habitantes ficaram isolados e se perderam para sempre.

— E ninguém procurou por eles? — perguntou o príncipe. A carne de veado permanecia intocada no prato, e o rei ficou satisfeito ao ver que a história captara a atenção do filho. Enfim, o filho sempre preferira o romantismo ao pragmatismo.

— Talvez tenham procurado, mas a floresta não permitiu que os encontrassem.

— Mas eles podiam ter aberto caminho até o outro lado e se libertado, não podiam?

— Mas não o fizeram, o que me leva a acreditar que toda a população tenha morrido muito depressa. — O rei fez uma pausa. — Mas certamente todos os tesouros ainda estão lá. E, se a cidade pudesse ser encontrada, seria um acréscimo muito bem-vindo ao nosso reino. Uma descoberta lucrativa, um posto avançado para vigiar nossos inimigos ou um lugar perfeito para realizar negociações de paz entre reis em guerra.

— E o senhor quer encontrá-la? — perguntou o príncipe.

O rei deu um sorriso e tomou um gole de vinho.

— Não, meu filho. Quero que *você* a encontre. Todo príncipe deve sair pelo mundo e viver uma aventura antes de se estabelecer. Essa será a sua.

Vários rapazes em torno da mesa irromperam em conversas empolgadas, e o príncipe, a joia no centro deles, sorriu.

— Então vou encontrá-la para o senhor, pai! Prometo-lhe que vou encontrá-la!

O caçador estava perdido em seu sonho quando foi acordado pelo pai. Era o mesmo sonho que se repetia várias vezes e tinha tanta força que sua lembrança permanecia com ele durante o dia. Havia uma garota com cabelos que caíam pelas costas em cachos fartos, vermelhos como folhas de outono. Ela estava correndo pela floresta, e ele a perseguia, seguindo os vislumbres de seus cabelos e os ecos de seu riso, mas em nenhum momento conseguia ver seu rosto. Ele corria como quando era criança, sem consciência da mudança de forma da floresta ao redor e sem as habilidades de rastreamento que haviam se tornado sua segunda natureza quando virou homem. A natureza não importava. Os animais selvagens que viviam ao seu redor não importavam. Só conseguia pensar em encontrar a garota que estava sempre tão à frente. Sua respiração entrava pelos ouvidos, e o coração batia acelerado.

Ele levantou assustado e sentou-se, por um instante confuso com o ambiente à sua volta. O pai sorriu para ele.

— A garota de novo?

Ele balançou a cabeça.

— Eu lhe disse. Ela é seu verdadeiro amor. Você tem sorte. São poucos que têm os sonhos, mas, se você tem, precisa encontrá-la.

— Bem, ela não é da aldeia, isso é certo. — O caçador se espreguiçou e bocejou.

— Isso também é bom. Você já teve a maioria das moças daqui. Ou elas tiveram você.

Eles sorriram um para o outro, bem-humorados, sem problemas com as coisas naturais entre homens e mulheres nem com a frequência com que iam para a cama uns com os outros até serem levados pelos votos do casamento. Tanto homens quanto mulheres eram, afinal, animais, e a vida na floresta podia ser dura. Era preciso ter algum conforto onde fosse possível obtê-lo.

— Por que o senhor me acordou? — perguntou o caçador enquanto espantava o sono e vestia a camisa. Além do brilho da lanterna do pai, podia ver que estava escuro lá fora, e o ar ainda tinha o aroma penetrante de uma noite fria de primavera. Não tinha amanhecido, deviam ser umas duas ou três horas da madrugada.

— Os homens do rei estão procurando você. — O pai levantou a mão. — Não é nenhum problema. Vieram buscar o melhor jovem caçador, e os anciãos todos o escolheram.

— Eu *sou* o melhor — murmurou o caçador. — Mas o que querem que eu cace?

Ele espiou pela janela e viu vários soldados em uniformes reluzentes montados em cavalos puros-sangues.

— Querem que sirva de babá para o príncipe e o acompanhe em uma viagem até o pé do Monte Ermo.

O caçador ficou preocupado. Ele não tinha tempo para reis ou príncipes. Pelo que escutara em volta de fogueiras durante longas caçadas de inverno, nada de bom vinha da companhia deles.

— Será que ele não sabe se cuidar sozinho?— perguntou.

O pai soltou uma gargalhada.

— Ele é um príncipe. Não é páreo para a floresta. Vai se perder em menos de um dia. Vai estar faminto em dois...

— ... e vai ser devorado em três — concluiu o caçador.

Os cavalos do lado de fora batiam com as patas no chão, sentindo a impaciência de seus cavaleiros.

— Não tenho escolha, tenho? — disse, enquanto pegava sua faca, seu machado e a velha bolsa de couro para levar comida e água.

— Não, filho, não tem. O rei decidiu que o filho precisa de uma aventura. — O rosto bronzeado e enrugado do pai parecia uma rocha escarpada sob a luz sombria. — Mas talvez você também precise. — Ele sorriu. — Talvez encontre sua ruiva por aí.

— A garota dos meus sonhos? — disse o caçador de um jeito engraçado.

— Já aconteceram coisas mais estranhas.

— Se eu não morrer antes por causa desse príncipe — disse ele, e então saiu para a noite. Não olhou para trás, nem para o pai nem para qualquer outro dos caçadores e para mulheres que tinham se reunido diante de seus pequenos casebres e cabanas para vê-lo partir. Despedidas longas não eram a especialidade deles. Ele poderia voltar para casa ou não. Os caçadores se conheciam o suficiente para saber bem as coisas que eram ditas com frequência demais pelos outros homens, e também que elas raramente eram ditas com sinceridade. Montou num cavalo que estava a sua espera e deu um tapinha em seu pescoço. O bicho relinchou quando a natureza reconheceu a si mesma, e então eles partiram e deixaram a aldeia para trás, sob a luz pálida que antecede o amanhecer.

O caçador tinha ido à cidade antes, mas havia apenas visitado os mercados às suas margens. O castelo em seu coração brilhava como um diamante quando o sol atingia as fileiras de janelas reluzentes, mas de longe ele sempre parecera uma ilusão. Estava além de sua compreensão como os homens podiam construir essas edificações, e ele se perguntou quantas pessoas comuns tinham morrido enquanto cortavam, arrastavam e erguiam os milhares de blocos de pedra que formavam sua superfície lisa e perfeita. E se perguntou se o rei, algum dia, já havia pensado nisso.

Agora que estava parado em frente ao homem, ele duvidou disso. Por mais rude e envelhecido que fosse, o rei tinha olhos frios e duros no rosto gordo.

— Dizem que é o melhor entre os caçadores — falou o rei enquanto estudava o homem à sua frente. — Que ninguém conhece a floresta como você.

— Conheço a floresta, isso é verdade — respondeu o caçador. Ele não tinha intenção de falar sobre as próprias habilidades. O rei já havia formado sua opinião, do contrário não estariam ali cara a cara. Elogiar a si mesmo era o caminho mais curto para a perdição de um homem, e a única razão para fazê-lo seria cair nas graças do rei para obter favores pessoais ou ganhos políticos. O caçador, ao contrário de muitos, não queria nada do rei porque a vida com luxos não o atraía. Era algo que não entendia e em que não confiava.

— E você é bom com uma faca? E com um arco?

O caçador deu de ombros.

— Sou um caçador. Essas são minhas ferramentas.

— Você não fala muito — disse o rei, sorrindo enquanto se recostava no trono amplo e ornamentado, cravejado de esmeraldas e rubis tão grandes que o caçador quase via o próprio reflexo nas pedras. — Gosto disso. — Esperou um instante como se aguardasse que o caçador respondesse a seu elogio, e então seu sorriso deu lugar à seriedade e prosseguiu: — O príncipe é meu único filho. Ele precisa de uma aventura. E também precisa voltar vivo. Ele é meu herdeiro, e o reino precisa dele.

— Vou dar o melhor de mim — disse o caçador. — Mas sou apenas um homem.

— Se voltar sem ele, as coisas não vão acabar bem para você. — Qualquer tentativa de fingir simpatia tinha desaparecido do rosto do rei. — Nem para sua aldeia.

Seu pai, que também tinha uma ou outra aventura na própria bagagem, o havia alertado sobre os modos impiedosos dos ricos e da realeza, e a ameaça do rei não foi nenhuma surpresa.

— Como disse, vou dar o melhor de mim, majestade. Meu melhor é tudo o que tenho a oferecer.

O rei franziu o cenho por um instante, enquanto tentava entender se o caçador estava sendo ignorante, obtuso ou apenas falando sem rodeios em um lugar onde geralmente toda frase era carregada de significados obscuros, mas por fim balançou a cabeça e grunhiu.

— Bom. — Passou os dedos grossos pelo rosto avermelhado. — O príncipe não deve saber sobre esta conversa. Ele sabe que você vai ser seu guia, e que suas habilidades serão necessárias para atravessar a floresta, mas tem de acreditar que é o herói desta história, entendeu? Seu papel de protegê-lo nunca deve ser mencionado.

O caçador balançou a cabeça. Ele não tinha tempo para heróis nem histórias e contos de amor verdadeiro, apesar dos próprios sonhos.

— Bom — repetiu o rei. — Bom.

O caçador desceu e encontrou o príncipe nos estábulos, onde estava escolhendo seus cavalos, belos garanhões com músculos que ondulavam sob o couro escuro e lustroso. Os cabelos do príncipe eram tão louros quanto os do caçador eram escuros, e seu sorriso fácil encantava todos à volta. Pelo menos parecia em forma, pensou o caçador, e ambos tinham mais ou menos a mesma idade. Talvez não fosse uma viagem tão ruim. O príncipe apertou sua mão vigorosamente, em seguida, puxou-o para junto dele, dando um abraço caloroso e tapinhas nas costas do caçador.

— Partimos com a primeira luz da manhã — disse ele e depois piscou. — O que nos dá a noite inteira nas tabernas para nos despedirmos desta cidade... e de suas donzelas! Haverá vinho e mulheres para nós, meu novo amigo, antes de partirmos para encontrar um castelo novo para o reino!

O caçador deu um sorriso forçado e ficou muito preocupado. Ele não tinha nada contra vinho e mulheres, especialmente contra mulheres, mas parecia que o príncipe corria o risco de acreditar em seus feitos principescos antes mesmo de realizar algum deles. Isso nunca foi bom. Quando caçadores ficavam convencidos demais, acabavam em muito sangue. "O que poderia acontecer àquele belo príncipe?", perguntou-se. E o que teria de fazer para salvá-lo?

CAPÍTULO 2

"Malditos lobos desgraçados..."

Ela não queria ter tomado aquele caminho na volta, mas, quando seus pés pegaram aquela trilha, ela os seguira. Sua cesta estava cheia, e devia ter ido direto para a cabana da avó, mas a floresta ganhava vida na primavera e não havia aromas mais vivos que na beira da barreira impenetrável de arbustos e espinheiros. Como sempre, não conseguira resistir à atração.

Nenhum aldeão jamais ia ali. Só falavam dali e dos ruídos, que às vezes eram ouvidos à noite, em voz baixa, e as crianças não se aproximavam, mas Petra sempre se sentira atraída pelo lugar. Colocou a cesta sobre o capim fresco e alto e puxou para trás o capuz de sua capa vermelha para olhar para cima. A barreira alta e verde se estendia até onde seus olhos alcançavam, bloqueando qualquer sinal da montanha, colorida aqui e ali por pequenas erupções de flores que se abriam no caminho através do emaranhado de espinheiros..

Como sempre fazia, envolveu as mãos na capa para se proteger de espinhos escondidos e tentou afastar alguns ramos para ver o que havia do outro lado, mas era uma tarefa infrutífera, e só conseguia ver mais cipós, galhos, trepadeiras e troncos se entrelaçando. Petra prendeu a respiração e escutou, mas ouviu apenas o canto dos pássaros e o farfalhar da floresta. Durante o dia, era sempre *apenas* isso o que havia, e ela não pôde evitar sentir uma grande decepção. Talvez conseguisse escapar escondida outra vez à noite para tentar ouvir o uivo triste que às vezes era trazido baixinho pela brisa que vinha do outro lado do espinheiro. O som amedrontava tanto homens quanto crianças, mas de algum modo era como um chamado para Petra e fazia seu coração sofrer. Por algum tempo, apenas ouviu, mas então, uma noite, jogou o capuz para trás e uivou em resposta, e a própria muralha verde estremeceu quando as duas vozes se tornaram uma só e se transformaram em uma canção entre elas, um segredo delicioso e particular que a fazia tremer de maneira que não entendia direito. No entanto, ela ansiava por ver além daquela barreira e descobrir a outra metade de seu dueto. Que tipo de fera estava aprisionada ali? Por que parecia tão solitária? E o que tinha feito a floresta criar uma fortaleza tão intimidante e impenetrável que nenhum homem havia ousado adentrá-la?

— Achei que ia encontrá-la aqui.

Petra teve um leve sobressalto com a voz suave, e se virou.

— Desculpe, vovó. Eu só...

— Eu sei — disse a avó. — Você saiu andando e sem perceber veio parar aqui. — A avó era uma mulher baixa e forte, de rosto rosado, bem-humorada e simpática. Aqui e ali um cacho grisalho escapava debaixo de sua touca. Petra a amava muito. — A floresta pode ser assim com lugares e pessoas. Quando sua mãe — que ela descanse em paz — era pequena, estava sempre no lago verde-esmeralda. Ficava olhando para ele por horas, esperando ver uma feiticeira das águas ou outra dessas tolices. — Ela sorriu, e Petra sorriu de volta, pegando a cesta e dando as costas para a vegetação luxuriante que crescia de modo tão antinatural e a fascinava. Petra tinha ouvido a história de sua mãe muitas vezes antes, mas nunca se cansava dela, e sabia que falar sobre ela animava a avó, que já era, por natureza, uma alma feliz.

— Fiz uma sopa para o almoço — disse a avó. — Vamos para casa.

Elas conversaram sobre suas manhãs enquanto caminhavam pela trilha estreita aberta através da vegetação rasteira e densa, mas que para as duas era como uma segunda casa, porém para um estranho quase imperceptível. O riacho que corria em algum lugar à esquerda finalmente se juntou a elas, murmurando com a conversa enquanto caminhavam ao longo da água corrente. Finalmente, chegaram à clareira onde ficava a cabana da vovó. A chaminé soltava fumaça, e as flores começavam a brotar nos canteiros que corriam por toda a frente da casinha. Devia ser uma cena bonita, mas hoje, como vinha acontecendo demais nos últimos dias, ela estava desfigurada por uma trilha sangrenta de entranhas, que surgia de trás da casa e desaparecia no interior da floresta.

— Ah, de novo, não! — disse quase sem fôlego a avó, e ambas, sem que a idade fosse um obstáculo para o pânico, correram até o pequeno curral atrás da cabana onde a vovó guardava seus bodes e suas cabras preciosos. O que Petra mais temia acontecera. O portão tinha sido arrombado novamente. De algum lugar nas profundezas das árvores, um uivo baixo de vitória foi trazido pelo vento. Ele nada tinha da textura triste do som que atraía Petra para a muralha da floresta misteriosa. Esse animal agora era feroz e faminto.

— Malditos lobos — praguejou a avó. — Malditos lobos desgraçados!

— Vou consertar de novo — disse a neta em voz baixa. — Desta vez, mais forte.

A avó andava em meio ao resto de bodes e cabras assustados que tinham se amontoado no canto mais distante do curral.

— Adolfo. Ele levou o Adolfo.

Petra nunca tentara convencer a avó a se mudar para uma das casas no vilarejo conforme envelhecia, pois sabia quanto a velhinha gostava da paz e da tranquilidade da floresta, mas começava a acreditar que talvez fosse uma boa ideia. O inverno havia sido difícil, e os lobos, normalmente uma raridade naquela parte da floresta, tinham surgido como uma alcateia faminta, e quando o tempo mudou, eles ficaram. Os lobos do inverno, mais ousados e fortes, haviam tomado o lugar das raposas, que antes eram uma ameaça com a qual tinham aprendido a lidar. Os homens na aldeia falavam de cabeças de gado perdidas à noite para os lobos, trabalhavam em grupos de dois ou três, e, apesar de terem tentado caçá-los, a alcateia era ardilosa.

— Entre, vovó — disse Petra, sabendo que aquela senhora ia querer um momento de tranquilidade para lamentar a perda do animal. — Eu limpo as coisas aqui. — Os lobos iam voltar, disso ela tinha certeza, e não parava de se perguntar quanto tempo levaria para que vissem aquela senhora idosa como uma refeição fácil. Especialmente se não pudessem alcançar as cabras. A jovem precisava de uma cerca tão alta quanto aquela muralha verde em volta da cabana da avó. Precisava protegê-la. Ao uivo selvagem do lobo juntou-se outro, e ela tinha certeza de que os animais zombavam dela. Petra os xingou em silêncio, então foi até o barracão e puxou mais tábuas e rolos de arame. Ela não ia desistir. Os lobos não iam ganhar. Seus cabelos caíam nos olhos enquanto trabalhava, com raiva e concentrada na tarefa, e com o desejo de que aquele outro lobo distante viesse expulsar seus parentes selvagens. Pelo menos seus dedos não ficariam cheios de farpas nem a pele grudada de suor.

Ela estava com o trabalho quase terminado quando ouviu um barulho alto de algo se quebrando dentro da cabana, um grito e o som de pratos caindo.

— Vovó! — Com o coração na boca, virou-se e correu.

Os dois homens viajaram pela floresta por vários dias até conseguirem relaxar em um silêncio confortável. O primeiro dia, assim que deixaram para trás a fanfarra e a grande despedida organizada pelo rei para o filho, tinha sido relativamente lento por causa da ressaca do príncipe. A mente do caçador estava clara, pois ele se manteve à margem do grupo durante a noite, sorrindo sempre que o príncipe o apresentava como seu criado a um dândi novo. Caçadores não serviam a ninguém, só à natureza. Ele tinha bebido uma ou duas canecas de cerveja, mas o grupo de rapazes barulhentos não o impressionou nem o encorajou particularmente a se juntar a ele, o que lhe caiu muito bem. Ficou satisfeito quando amanheceu e pôde acordar o príncipe e se preparar para partir. Já aguentara o suficiente. Queria que a "aventura" dos dois terminasse para voltar ao seu povo, e pelo menos na floresta ia sentir como se estivesse quase em casa.

Quando montaram acampamento, o ar fresco havia revivido o ânimo do príncipe o bastante para que acendesse uma fogueira enquanto o caçador fora buscar água e caçar um coelho para o jantar. No início, o príncipe estava determinado a provar sua superioridade tentando impressionar o caçador com histórias da vida no castelo, mas, após algum tempo, ficou curioso com o modo de vida de seu companheiro. O caçador respondeu às suas perguntas da melhor maneira possível, enquanto esfolava e cozinhava o animal, e ficou claro que o príncipe, longe da pressão de seus pares na corte, estava com certa inveja e começava a admirar o companheiro de viagem. O caçador, por sua vez, relaxou seu julgamento sobre o herdeiro real.

Os dias seguintes passaram bem, e eles chegaram a rir juntos algumas vezes de uma piada ou história que um ou outro contava. Podiam não ser uma combinação natural para uma amizade, mas não era culpa do príncipe se o rei tinha arrancado o caçador de sua casa e lhe posto aquele fardo, e o destino de sua aldeia, em seus ombros. Ele faria o melhor possível, e talvez os dois saíssem daquela experiência melhores e mais sábios.

Após dez dias de viagem, o Monte Ermo tinha ficado mais alto no horizonte, e a floresta, mais densa: verde, luxuriante e mais cheia de vida. O leve aroma de primavera no ar se tornou mais pesado, e, quando finalmente chegaram a um lago grande para saciar a sede, a água era amarga, e tiveram de cuspi-la. O príncipe disse que podiam sentir o gosto de magia e estremeceu levemente, com medo. O caçador observou que a magia era apenas a natureza em outra forma, e nada para ser temido ou desejado, mas, antes que começassem a discutir sobre isso, viram a fumaça de uma chaminé subindo por trás de algumas árvores à direita deles.

— Eles vão saber onde há água boa — disse o caçador.

— Não é seu trabalho saber isso? — devolveu o príncipe.

O caçador o ignorou e encontrou uma trilha, quase invisível através das árvores, que levava a uma clareira onde, no centro, havia uma cabana cercada por lindas flores… e pelo mais leve traço de uma trilha de sangue sobre a grama que provavelmente só um animal ou um caçador perceberia. Ele franziu de leve o cenho. Tinha acontecido algum problema ali. Parou e ergueu os olhos. A porta estava aberta, e de dentro ouviu-se o barulho de pratos se quebrando e um grito curto. Segurou o cabo de sua faca e correu na direção da casa.

— Vovó! — O grito de uma garota veio de algum lugar de trás da cabana, mas o caçador e o príncipe não pararam e entraram correndo.

Um rosnado baixo veio dos fundos da aconchegante sala principal, e os dois homens derrubaram uma mesinha lateral correndo em sua direção, o príncipe com a espada na mão, e o caçador com sua faca.

Um lobo cinza grande, exibindo os dentes, estava arranhando e forçando a porta de um armário alto no canto. A porta de repente se abriu alguns centímetros e um cabo de vassoura saiu dali e golpeou a fera.

— Xô! Xô!

O príncipe, claramente nervoso, agitava a espada tão alto no pequeno aposento, que o caçador teve de se agachar para evitar perder uma orelha.

— Cuidado com o que faz com essa coisa — murmurou ele enquanto o lobo se virava para encará-los. Ele rosnava, pronto para atacar. Diante da visão completa de sua boca sangrenta com dentes afiados, o príncipe ficou branco.

— Talvez fosse melhor correr.

— Não vamos conseguir correr mais rápido que ele — disse o caçador em voz baixa. O lobo rosnou de novo. O príncipe tremeu de leve, segurou no braço do caçador e o puxou para trás. Ele o desequilibrou, acabando com qualquer chance que tivesse de defendê-los.

Sentindo o medo de ambos, o lobo saltou por cima da mesa na direção deles, cheio de fúria e fome. O caçador empurrou o príncipe, que lhe agarrava, para longe, mandando-o para dentro de um armário de cozinha e quebrando mais pratos. Contudo, quando a fera assomou sobre o caçador, ele estava totalmente desequilibrado, amaldiçoando baixinho, e, assim, preparou-se para sentir as garras grossas e afiadas e os dentes pesados rasgando sua pele.

Uma flecha passou voando por ele, direta e certeira, penetrando firmemente vários centímetros no peito do lobo. Ao perder todo o ímpeto do momento, o animal soltou um ganido e caiu com um barulhão em cima da mesa. Ali estrebuchou por um segundo e morreu. Quando o príncipe conseguiu ficar de pé, o caçador olhava para a fera morta e depois se virou para olhar para trás, para a garota às suas costas com o arco nas mãos.

— Pode sair agora, vovó — disse ela com um tom carinhoso. — Está morto.

A garota olhou fixamente para o lobo com uma mistura de raiva e tristeza e depois voltou os olhos para os homens: um vestia as roupas mais finas e levava o emblema real na capa vermelha e na espada, e o outro usava a roupa de tecido verde e couro de um caçador profissional.

— Posso ajudá-los? — perguntou.

— Ouvimos os gritos — disse o caçador. — E viemos ajudar. Mas parece que você tinha tudo sob controle.

— Esperávamos que pudesse nos dizer onde fica o riacho mais próximo — disse o príncipe como se não estivesse tremendo de medo apenas alguns segundos antes e não houvesse um lobo morto, sangrando em cima da mesa da cozinha. — Estamos viajando há dias e esta parte da floresta é desconhecida para nós. Encontramos um lago, mas a água era intragável. Então, ouvimos um barulho, vimos que a porta estava aberta e entramos aqui.

— Ah, dizem que esse lago tem uma maldição. Mas isso pode esperar até que a gente termine nosso almoço, um tanto quanto atrasado. Os lobos acabaram com nosso dia.

Uma mulher pequena e forte, com expressão alegre e uma personalidade conquistada por toda uma vida na floresta saiu do armário, guardou a vassoura que estava segurando e sorriu para eles.

— Vocês vão ficar e comer alguma coisa, imagino, não? O ensopado está pronto, e há bastante para todos.

A garota deu um suspiro e pôs a mão nos quadris.

— Não os conhecemos, vovó. Eles podem ser qualquer um.

A avó dela olhou por cima dos óculos e examinou os homens de cima a baixo.

— Todo mundo é alguém, Petra, querida, e aquele tem modos da realeza, e o outro me parece um caçador. Você sempre pode confiar num caçador, minha mãe sempre me disse isso. Agora vamos, ter visitas vai ser bom. — Ela deu um sorriso simpático. — Sempre fico curiosa quando estranhos de lugares distantes aparecem à minha porta, como devem ser vocês.

— Eles então podem, primeiro, me ajudar com a limpeza. — A garota não parecia tão convencida quanto a avó.

— Vamos ficar mais do que gratos em ajudar — disse o príncipe, e fez uma leve reverência para a jovem. Ela não pareceu muito impressionada, mas, em vez disso, pegou as patas da frente do lobo.

— Então um dos dois me ajude a levar isto aqui lá para fora.

Enquanto Petra e a avó limpavam a cabana, o caçador e o príncipe trabalhavam duro para consertar e deixar mais seguro o curral das cabras. Quando terminaram, o caçador passou sangue de lobo em todas as estacas até que estivessem completamente pintadas de vermelho. Os bodes e as cabras se remexiam nervosos no interior.

— Isso vai manter os lobos afastados — disse ele, enquanto Petra chegava e inspecionava o trabalho deles. — E é melhor cabras nervosas que mortas. — Ela não discordou, e ele viu um pouco da tensão deixar os ombros dela. Eles podiam ainda não ser amigos, mas talvez não fossem mais estranhos irritantes.

A cabana estava quente e aconchegante, e foi bom passar a noite sob um teto. Petra pegou um pouco de vinho para eles, e havia pão e ensopado o suficiente para todos se saciarem e ainda sobrar. O caçador ficou feliz ao ver o príncipe deixar algumas moedas de ouro sobre o armário da cozinha quando achou que ninguém podia ver. Quando terminaram de comer, já era noite e eles ficaram sentados em torno do calor e da luz confortantes do grande fogo sobre a grelha.

— Então — disse a vovó com as agulhas de tricô batendo umas nas outras e a cadeira balançando levemente sob ela. — O que os traz a este canto dos reinos?

— Estamos em busca de uma lenda — disse o príncipe. — Meu pai me mandou à procura de um castelo perdido, desaparecido há quase um século. Parece que está escondido atrás de algum tipo de muralha de floresta...

— Uma muralha de floresta? — Petra se ergueu na cadeira. — Eu sei onde...

— Psst, querida — Sua avó lhe deu um tapinha no joelho. — Uma coisa de cada vez.

A garota não tinha se sentido tão animada desde a chegada deles, e isso intrigou o caçador. Diferentemente das garotas das cidades, ela não parecia impressionada pelo príncipe bonitão, e ele gostava dela ainda mais por isso.

— Por que seu pai mandou você procurá-lo? — perguntou a senhora de idade?

— Ele acha que todos os rapazes devem viver uma aventura — interrompeu o caçador antes que o príncipe pudesse complicar o caminho de sua viagem com histórias de postos avançados e conquistar novas terras.

— E isso é uma razão bastante boa — disse a vovó. Ela sorriu, balançou a cabeça e pôs o tricô de lado.

— Já ouviu falar desse lugar? — perguntou o príncipe.

— Ah, já. — Os olhos da vovó brilharam. — Minha mãe às vezes falava sobre isso. Principalmente quando estava mais velha do que estou agora, e sua cabeça não estava mais como era antes. Pelas histórias que contava, parecia um lugar estranho. Afinal, a maioria das cidades é estranha e, para ser honesta, ela sempre contava muitas histórias estranhas que ninguém confirmava se eram verdade.

— Eu vou até esse muro — disse Petra de repente. Seu rosto estava corado e vivo. — Às vezes ouço um som vindo do outro lado. O eco de um grito solitário. Isso me assombra.

— Acho que é mais que isso, querida. — Os olhos da avó brilhavam com carinho ao olhar para ela. — Você devia ir com eles.

— Ah, não — disse Petra, segurando o braço da avó. — Vou ficar aqui com você. Quero que esteja em segurança.

— Não seja boba, querida. Não são só homens que precisam de aventuras, sabia? Todo mundo precisa encontrar o próprio destino. E se há alguma coisa além daquele muro que está chamando por você, precisa descobrir o que é. As coisas são assim.

— Não — disse Petra, apesar de estar claro em seus olhos que estava desesperada para ir. — Ainda há muitos lobos na floresta. Se o cercado resistir e eles não conseguirem pegar as cabras, e se vierem atrás de você outra vez? Como hoje?

O caçador olhou pensativo para as duas mulheres e depois as deixou junto ao fogo com o príncipe e saiu. Ele arrastou o corpo do lobo para a floresta para trabalhar nele e então levou o resultado para o lago para lavá-lo bem, confiando em seus instintos da floresta para conduzi-lo aonde ele precisava ir. Quando terminou, estava suando, mas satisfeito.

— Aqui — disse ele, e ergueu seu trabalho terminado. — Isso vai mantê-los afastados. — Eles vão sentir o cheiro de um deles em vez do seu.

— O que *é* isso? — perguntou Petra.

— Uma roupa de lobo — disse o caçador. Ele ajudou a velhinha a vestir a pele de lobo e então passou o xale dela sobre os ombros e pôs o gorro na cabeça.

— É linda e confortável — disse ela de algum lugar debaixo do focinho. As mãos, embaixo das garras do lobo, pareciam estranhas enquanto ela continuava a tricotar.

— Você parece muito estranha — riu Petra. — Como se um lobo tivesse se vestido com suas roupas!- Todos riram alto enquanto a velhinha balançava a cadeira de balanço para frente e para trás.

— Bem, eu gostei muito — disse ela. — Vou economizar madeira para o fogo se eu usar isso para me esquentar. E você... — Ela se virou para a neta e levantou a cabeça para que seu rosto ficasse visível por baixo da cara do lobo. — Agora pode partir em sua aventura.

Então ficou decidido. Eles iam deixar os cavalos aos cuidados da vovó, e Petra ia se juntar a eles.

Na manhã seguinte, tomaram um café da manhã reforçado com ovos, *bacon* e cogumelos da floresta, e a avó de Petra preparou pão e queijo para os três, quc cla guardou na bolsa do caçador antes de ajeitar a pesada capa vermelha de Petra sobre seus ombros. Ela sorriu e seus olhos brilharam, mas a garota parecia prestes a irromper em lágrimas.

— Amo você, vovó — disse ela.

— Amo você também, Petra — Ela apertou bem a garota. — Mas sua vida está lá fora, não aqui comigo. E eu vou ficar bem.

Ela acenou da porta para se despedir deles, e então a garota os conduziu na direção da barreira de floresta e o que quer que houvesse por trás dela.

CAPÍTULO 3

"Era uma vez..."

Era uma vez um jovem rei que estava caçando na floresta nos limites de sua cidade. Ele tinha subido ao trono fazia pouco tempo, mas era um bom homem e estava chorando a perda do pai, em vez de desfrutar de seu novo poder, e preferia caçar só, pois isso lhe dava algum tempo sozinho, longe dos rigores da vida da corte e das exigências do reino.

Era um dia quente e, com seu entusiasmo para perseguir e matar uma criatura viva amortecido por sua perda recente, desmontou de seu cavalo e caminhou com o animal até um lago grande de água azul cristalina, tão fria e profunda que devia emanar de alguma fonte natural abaixo de seu leito.

O jovem rei sentou às margens do lago e, enquanto sua montaria saciava a sede, olhava fixamente para a superfície da água, perdido em seus pensamentos. Dizem que nas profundezas, no coração do lago, uma criatura muito rara, uma feiticeira das águas, sentiu os problemas do jovem rei e olhou para cima. Ao ver o belo rosto do jovem abatido pela tristeza e pela responsabilidade, ficou tão tocada, que não resistiu e imediatamente subiu à superfície.

O jovem rei e a jovem feiticeira das águas se apaixonaram quase no mesmo instante e, para se casarem, ela sacrificou seu lar nas águas e foi para a cidade se tornar sua rainha.

No início, os conselheiros do rei e, na verdade, muitas das pessoas comuns, tiveram reservas sobre o casal. A nova rainha, porém, mantinha sua magia trancada dentro de si e era sempre tão bondosa e etérea, que logo, apesar da beleza gelada e dos olhos que mudavam de cor como a água atingida pelo sol, todos passaram a amá-la quase tanto quanto o próprio rei a amava, e o reino ficou feliz.

Da parte da rainha, às vezes o chamado selvagem da água e a atração da velha vida solitária puxavam-na de volta, mas a jovem escondia essa saudade com sua magia, afinal, no geral, era feliz e amava muito, muito o seu rei. Às vezes, quando a saudade se tornava grande demais, ela voltava e, em segredo, se permitia liberar sua magia, mergulhando profundamente na água e sentindo o frio latejante acariciar-lhe a pele. Contudo, as visitas não eram muito frequentes, e a rainha nunca olhava para trás ao sair do lago. O marido estava à sua espera, afinal de contas.

Apenas uma coisa atrapalhava sua felicidade. A falta de um filho ou uma filha para tornar completa a união dos dois amantes e assegurar o futuro do reino. Com o tempo, à medida que os meses se passavam sem sinal de uma criança, o rei, sentindo a tristeza crescente da sua bela esposa, pediu o conselho de uma feiticeira que vivia em uma torre muito, muito distante. Ele lhe implorou que os ajudasse e, depois de pensar por alguns minutos, ela sorriu e disse que os ajudaria. Disse que o rei seria abençoado com uma filha. A menina seria linda, inteligente e boa. O rei sorriu, riu e ofereceu à bruxa ouro e joias como recompensa, no entanto, ela sacudiu a cabeça e ergueu a mão, dizendo não ter terminado. Havia mais. O rei devia saber que a princesa seria feliz, mas um dia espetaria o dedo em um fuso e dormiria por cem anos. O rei ficou muito aborrecido com suas palavras e exigiu que as mudasse, mas a bruxa desapareceu numa nuvem de poeira cintilante, e as palavras do rei foram ditas para uma sala vazia.

Em menos de um ano, soube-se que a rainha estava esperando um bebê. Houve muita pompa, e o reino festejou. A rainha foi ao lago contar aos espíritos de todas as feiticeiras das águas que tinham vivido ali antes, cuja magia corria em cada gota de suas águas límpidas, sobre sua grande felicidade, e pedir conselhos sobre como criar a criança, que sem dúvida acharia difícil ser filha de dois povos diferentes. A única resposta que recebeu foi uma ondulação na superfície e o silêncio dos espíritos. Ela interpretou como um sinal de que não precisava se preocupar. Preferiu acreditar nisso. Não ia deixar nenhuma preocupação estragar sua felicidade.

O sol brilhava sobre o reino. Durante a gravidez, tudo foi perfeito. O rei, lembrando-se das palavras da bruxa, mandou homens por todo o reino e destruiu todos os fusos da terra. Ele ia garantir a segurança da filha. Custasse o que custasse.

Finalmente chegou a hora de a rainha dar à luz. O parto foi difícil. Uma tempestade assolava o reino, e uma chuva forte enchia as ruas. Por quase dois dias e duas noites ela lutou, suou e sangrou e, finalmente, nos destroços de sua cama, a pequena e saudável bebê veio ao mundo. Os maiores esforços de todos os médicos do reino, porém, não conseguiram salvar a bela rainha, que morreu nos braços do marido arrasado. O lago mágico na floresta ficou amargo da noite para o dia. Nos cantos escondidos, os conselheiros do rei murmuravam que a tragédia podia ter sido prevista. Por mais felizes que estivessem, uma união como aquela jamais poderia ter existido.

Por fim, após um mês de isolamento em seus aposentos, o rei, com o coração em frangalhos, tomou a filha bebê nos braços e, enquanto ela gorgolejava para ele, com mechas de puro branco de cada lado dos cabelos negros macios, ele finalmente falou.

— Bela — disse ele. — Ela vai se chamar Bela.

CAPÍTULO 4

"Um sono profundo amaldiçoado..."

Depois de duas horas ou mais tentando abrir caminho, cortando galhos e cipós grossos que formavam a muralha densa, estava claro para os três viajantes que não havia nada de natural ali. O trabalho era duro e lento. Enquanto o caçador cortava com seu machado, o príncipe e Petra mantinham o espaço aberto e todos se espremiam, avançavam e passavam para o próximo trecho do caminho. Quando soltavam os galhos atrás deles, eles tornavam a se fechar, e a madeira cortada e os cipós partidos se religavam e se entrelaçavam de novo com tanta firmeza que não se via nenhuma fenda na barreira.

Eles tinham começado o dia brincando e se divertindo um pouco, especialmente o príncipe e Petra, que estavam mais empolgados que o caçador, mas, em pouco tempo, as únicas palavras que trocavam eram relacionadas apenas à tarefa. Estavam todos com calor, cansados e apertados em um espaço reduzido que avançava muito lentamente. E o caçador sabia que, se parassem, ou se os machados quebrassem, a floresta se fecharia em torno deles, deixando-os presos para sempre.

Os três amarraram lenços em torno do rosto para tentar aliviar os cheiros fortes que emanavam de várias das flores e pareciam determinados a fazê-los dormir. Nem quando o corpo firme e magro de Petra estava apertado contra o corpo do caçador enquanto se moviam, ele reagiu. Essa floresta era perigosa, e as árvores estavam claramente trabalhando contra eles. O caçador sempre havia confiado na floresta. A natureza era honesta... e estava muito empenhada em mantê-los longe do que quer que houvesse além daquela barreira.

Entretanto, finalmente a obstinação e teimosia humana prevaleceram, e eles caíram, livres e sem fôlego, além das garras da mata. O sol de primavera estava forte e quente, e os três sentaram-se no capim por um instante, riram, beberam um pouco de água e recuperaram as forças. Bastaram alguns segundos, porém, para que o silêncio assustadoramente estranho em torno deles se tornasse demais para passar despercebido.

— Não ouço nem pássaros cantando — disse Petra suave, conforme os ânimos e os risos de todos arrefeciam. — Num dia bonito como este, eles deviam estar por toda parte. — Ela franziu o cenho e olhou para o céu vazio. À frente deles havia uma cidade pequena, e a distância, como costumava ser em todos os reinos, no coração desta erguia-se um castelo.

— Não são só os pássaros — disse o príncipe. — Não estou escutando nada. Barulho nenhum.

Ele tinha razão. Nem as árvores espaçadas à beira da estrada estreita farfalhavam com a brisa quente que passava por elas quando se moviam. Os pelos da nuca do caçador se arrepiaram, e ele não tirou a mão do cabo de sua faca de caça quando começaram a caminhar, mais uma vez xingando o rei, o príncipe e a necessidade que a nobreza tinha de aventuras. Como se a vida já não fosse aventura suficiente.

Uma carroça estava logo do outro lado da colina baixa, além dos limites da floresta, e Petra levou um susto quando a viu. O caçador não a culpou. Sem dúvida, era uma visão estranha, parada como estava no meio da estrada e o cavalo caído à frente. À sua volta havia uma dúzia de carneiros com muita lã e um cão deitado entre eles. Ele não tinha certeza do que esperava, mas não era aquilo.

Conforme o príncipe subia na carroça, o caçador se agachou e tocou o cavalo. O animal estava quente e seu sangue pulsava em ritmo constante pelo seu corpo.

— Ei — disse o príncipe. — Acho que ainda está vivo. — Em cima da carroça, a cabeça de um homem gordo pendia para a frente. As rédeas tinham escorregado de suas mãos. O príncipe tentou erguê-lo, mas o peso do homem o fez deslizar para o lado e ele caiu deitado no assento. O príncipe o sacudiu. — Ei! — disse, alto. A palavra soou estranha naquele silêncio assustador em torno deles. — Ei, acorde! Acorde! — O gordo não se mexeu. Ele nem roncou, resfolegou ou se moveu enquanto o príncipe o sacudia.

O caçador olhou para os animais ao seu redor. Nenhum deles estava morto e podre, como era de esperar naquele reino perdido. O príncipe tinha chegado a uma conclusão sem nem mesmo pensar.

— Eles estão dormindo — murmurou. — Estão todos dormindo.

— Isso não pode estar certo. — Petra se ajoelhou e acariciou o cachorro. — Eles não podem estar dormindo esse tempo todo. Não por cem anos. Não é possível.

Contudo, à medida que avançavam, parecia ser totalmente possível. Toda criatura viva pela qual passavam estava caída no sono, e aparentemente tinha dormido naquele mesmo instante. Havia um posto de guarda quando chegaram às primeiras ruas importantes da cidade, e dois soldados dormiam de cara sobre um tabuleiro de xadrez. Outros tinham desmoronado em uma pilha em seus postos de sentinela. O caçador contou uns quinze.

— São muitos soldados — disse ele.

— Talvez eles estivessem em guerra — respondeu o príncipe. — Os reinos estão sempre em guerra.

Aparentemente, era uma cidade rica, e havia belas mansões construídas em propriedades cercadas, onde também adormecidos havia soldados que guardavam os portões altos. E até as cabanas mais simples perto do castelo eram bem cuidadas, apesar dos canteiros cobertos de mato. Em alguns lugares crescia capim alto entre as pedras arredondadas e lisas usadas no calçamento. A vida animal podia estar adormecida, mas as plantas ainda cresciam, apesar de não o fazerem na proporção esperada.

— O que quer que seja isso, afetou todas as coisas vivas — disse Petra, abaixando-se para examinar as flores.

Ao se aproximarem do centro daquela bela cidade, o caçador percebeu que algumas casas tinham as janelas grosseiramente bloqueadas. Ao arrancar a madeira de uma delas, viu que o vidro por trás estava estilhaçado, e o que havia em seu interior estava quebrado ou de algum modo destruído. Isso tinha sido claramente feito antes de a cidade ter adormecido, e ele não podia ver nenhuma razão ou explicação para aquela casa ter sido destroçada. Eram casas de gente comum. O que havia acontecido com as pessoas que moravam nelas?

Depois de algum tempo, eles se separaram para explorar com mais cuidado, e tudo o que descobriram foi o mesmo. Homens, mulheres e crianças, todos dormindo em uma variedade de lugares estranhos.

Uma mulher que cozinhava uma sopa no fogão — que agora já estava há muito tempo frio — tinha no rosto uma queimadura muito grave adquirida ao puxar a panela com ela quando caíra.

Só em uma cabana o caçador encontrou uma pessoa deitada na cama. Quem quer que fosse, devia ter morrido antes de o que quer que tivesse feito a cidade dormir, e tudo o que restara era um esqueleto em uma camisola de dormir e fios finos de cabelos saindo por baixo de uma touca negra. Havia uma faca enfiada através do tecido fino de seu vestido, e, agora que a carne tinha se deteriorado, estava solta entre as costelas onde fora apunhalada por um agressor, enquanto vivo. Era uma cabana estranha, sem nenhuma das cores vivas das outras, e havia uma umidade fria e envelhecida pairando no ar, como se nada do calor externo tivesse entrado ali durante os muitos anos que se passaram. O caçador olhou nos armários pequenos e viu jarras, ervas e vidros de poções com palavras que não entendia, escritas em etiquetas. Então, teve certeza de que era a cabana de uma bruxa. Estremeceu e estava prestes a sair quando o pequeno fogão naquele aposento ínfimo chamou sua atenção. A portinhola tinha uma pequena fresta aberta, e algo reluzia lá dentro. Agachou-se, puxou e abriu a portinhola de ferro preto.

Sobre uma pilha de cinzas, havia um par de sapatinhos cintilantes. Meteu a mão e os pegou de lá.

Sentiu-os leves e quentes nas mãos. Diamantes, pensou. Eram feitos de diamantes, não eram de vidro, de jeito nenhum. Por que alguém tinha tentado queimá-los? Será que na história estranha daquele reino havia ligação entre os dois eventos? Olhou para eles por alguns segundos até ouvir o chamado de Petra e do príncipe. A mulher lá em cima estava morta havia muito tempo. Não ia sentir falta dos sapatinhos. E talvez eles precisassem de algo com que negociar em algum momento. Então os enfiou na bolsa e ficou de pé. Se, por algum motivo, a cidade despertasse e dessem pela falta dos sapatinhos, ele os devolveria. Por enquanto, seriam seu pagamento pelo trabalho de babá que o rei lhe impusera.

— O que você acha que é isso? — perguntou o príncipe enquanto ele e Petra subiam os degraus de pedra e examinavam os riscos na base da estátua com mais atenção. — Não pode ser antigo, pode?

— Não. — O caçador franziu o cenho. Mesmo que fosse evidente que toda a cidade estava sob alguma espécie de feitiço de sono profundo, agora, mais perto do castelo, não conseguia evitar a sensação de que eram observados. Era um instinto que aprendera a não ignorar. — Veja essas do outro lado. O giz está fresco. — As marcas ficavam mais irregulares, mas sem dúvida eram alguma espécie de contagem. Será que estavam registrando os dias? Ou meses? Era difícil dizer. Havia muitas marcas, fossem lá o que fossem.

— Quer dizer que ainda há alguém acordado? — perguntou Petra.

— Isso não faz sentido — disse o príncipe. — Mesmo que não tivessem dormido, a esta altura com certeza estariam mortos.

— Talvez sim, talvez não — disse Petra, animada. — Nada disso é normal, afinal de contas. E, de vez em quando, eu costumava ouvir um uivo. Vindo deste lado da cerca. Tem alguma coisa viva aqui.

O caçador não estava escutando o que ela dizia. Um ruído baixo e distante à esquerda chamou sua atenção. Alguém os seguia. Ele tinha certeza disso.

— Olá! — chamou ele. — Tem alguém aí? — Ninguém respondeu, e tudo voltou ao silêncio. — Vamos — murmurou ele. — Vamos para o castelo. Se existem respostas, elas estão lá. — O príncipe assentiu, sem entender por que o caçador pensava daquela maneira. Os problemas para as pessoas comuns normalmente vinham da realeza. O que tinha silenciado aquela cidade havia começado no castelo.

Petra nunca tinha visto nada como aquilo. Mesmo enquanto caminhavam pela cidade, ela ficou um pouco impressionada com a construção que assomava e se erguia tão acima das casas comuns, que ela se perguntou se com a luz certa ela as engoliria com sua sombra. E quando atravessaram os portões abertos, passando com cuidado por cima da pilha disforme de soldados amontoados, pela primeira vez na vida se sentiu pequena e insignificante. A aldeia, a floresta e a cabana da avó eram seu mundo, e durante todo o tempo e tão perto a cidade estava adormecida. O que mais havia que jamais veria, mesmo se passasse toda uma vida explorando?

— Muito bem guardado — disse o caçador.

Petra olhou para ele. Seus olhos escuros examinaram os homens pesadamente armados a seus pés, e ela notou que a imagem o incomodou.

— Talvez tivessem mais com que se preocupar do que tem meu pai — disse o príncipe. — Quem sabe o que há do outro lado deste reino?

O caçador concordou, mas não falou mais nada. Eles formavam uma dupla estranha, esse príncipe e seu acompanhante. Um, cheio de charme e graça cortesã; o outro, calado e rústico. Petra gostava dos dois, mas sabia em qual deles confiava mais. Um homem da floresta sempre ganharia seu voto se sua sobrevivência estivesse em jogo. O príncipe podia ser bom com uma espada, mas imaginava que ele aprendera a duelar com regras. Matar algo vivo era muito diferente de lutar com espadas na corte, e o príncipe tinha descoberto exatamente isso na cozinha da vovó, quando teve de encarar o lobo de inverno. Não havia regras quando se lutava pela própria existência. Os dois, porém, eram bonitos, isso Petra tinha de admitir.

Ervas e trepadeiras tinham subido pelas paredes altas de pedra, prendendo-se à argamassa entre os blocos de rocha pesados como se tentassem sufocar a vida da própria edificação. Homens e mulheres dormiam no pátio, no local onde estavam, um ainda segurava uma sela que, sem dúvida, estava destinada ao cavalo que dormia a seu lado. Outro estava cercado de pães que haviam caído de seu cesto.

O caçador empurrou uma porta, e as dobradiças rangeram, chocadas pelo movimento após tanto tempo. O som ecoava enquanto eles entravam. Quando caminhavam, levantavam poeira do chão, que dançava no ar repentinamente desperta do próprio sono sobre o piso de mármore. Ao contrário das casas menores da cidade, nenhum vento ou efeito do clima tinha conseguido penetrar a parede grossa, e Petra sentia como se tivesse entrado numa verdadeira tumba esquecida. Seu coração batia forte enquanto andavam, deixando um rastro de pegadas na camada de sujeira.

— Devíamos nos dividir — disse o príncipe. Sua voz estava alta e confiante. Petra se perguntou por que ele não achava o castelo tão assustador quanto ela, mas afinal, pensou, o nobre rapaz estava acostumado com castelos. Não estava impressionado com a riqueza ou a beleza que havia sob a poeira dos anos passados. — Fico com os andares de cima. Petra, você fica neste andar.

— Vou fazer uma busca nos andares de baixo e nas masmorras — concluiu o caçador. — Mas não toquem em ninguém. Se encontrarem alguma coisa, apenas gritem e esperem.

— Era isso o que eu ia falar — disse o príncipe.

Petra concordou. A ideia de ficar sozinha a fez tremer, mas não ia admitir seu medo para dois homens. Se não havia problema em fazer isso para eles, então não havia para ela também.

Se não conseguirmos achar a fonte desta maldição até amanhã — disse o caçador —, aí juntamos alguns tesouros numa carroça para seu pai e tentamos abrir caminho de volta. Concorda?

O caçador mal tinha sorrido desde que haviam achado a cidade. Petra tinha certeza de que, se dependesse dele, iriam embora naquele momento. O que quer que o tivesse levado até ali não era a busca de emoções ou aventura, mas Petra não conseguia evitar sentir um pouco dessas duas coisas. Ela não conseguia imaginar dar as costas para aquele lugar sem saber como a história tinha começado, ou como ela acabava.

— E marquem o caminho nas paredes ou na poeira — disse ele. — Assim vocês vão saber onde estiveram e vão encontrar o caminho de volta para cá. — Desta vez ele sorriu de leve para ela, que gostou dos vincos que se formaram em seu rosto, como se ele sorrisse muito em sua vida normal. A instrução era só para ela. O príncipe devia estar acostumado a se orientar em castelos. Ela com certeza não estava.

O piso térreo do castelo, ela concluiu após cerca de uma hora, era um lugar bem esquisito. Havia três salões de baile; dois claros e arejados, e com tetos pintados com lindos casais dançando, e um terceiro mais ao fundo, que só tinha um acesso através de uma biblioteca e, então, por um pequeno corredor anexo. Este era pintado de vermelho e decorado com cortinas pesadas enfeitadas de ouro. Era um contraste estranho com os outros dois, e ela concluiu que não tinha gostado muito dele. O ar ali tinha um sabor metálico, e apesar de, tecnicamente, tratar-se de invasão à propriedade particular em qualquer lugar que fosse, apenas ali sentia estar invadindo algo secreto. Ninguém dormia nos principais salões de recepção, todos os quais eram de tirar o fôlego, mas, mesmo assim, um pouco impessoais, e, à medida que os explorava, concluiu que residências reais eram tanto para os visitantes quanto para as famílias que viviam nelas. Claramente, ser da realeza deveria ser estranho.

Em uma espécie de sala de reuniões, vários homens grisalhos com túnicas escuras dormiam sobre documentos grossos e livros abertos, e havia mais soldados dormindo junto às portas. Uma jarra de vinho tinha sido derrubada sobre a grande mesa, e, onde a bebida fora absorvida pela madeira lustrada e os papéis espalhados, as manchas pareciam sangue.

Petra ficou mais contente quando encontrou os aposentos menores e mais simples, onde os criados trabalhavam. Em um corredor longo, jovens criados dormiam em cima de tigelas de polidor, e na cozinha as mesas estavam cheias de tortas e doces semiprontos. As cozinheiras e os ajudantes estavam esparramados no chão frio de pedra. Apesar das ordens do caçador para não tocar em nada, Petra enfiou o dedo numa torta de maçã aberta e provou. O recheio estava doce e fresco como se tivesse acabado de ser posto ali. Ela comeu um pouco mais. Pelo menos não morreriam de fome enquanto estivessem no castelo. Devia haver comida suficiente na cidade para sustentá-los por centenas de anos.

Ao ouvir o eco de um grito, a garota ganhou expressão séria, abandonou a torta e correu de volta até o centro do prédio, com os sapatos batendo no chão e levantando poeira ao passar. Será que era algum perigo? Ela ouviu outro grito. Dessa vez mais perto.

— Encontrei uma coisa. Preciso de ajuda.

Ela quase bateu de frente com o caçador quando fez uma curva e entrou no saguão central. Sem parar, os dois subiram a escada correndo, dois degraus de cada vez, seguindo os gritos do príncipe até que o encontraram em um conjunto de aposentos luxuosos no coração do castelo.

Petra parou na porta do quarto e ficou boquiaberta.

— Temos de fazer alguma coisa — disse o príncipe. — Precisamos ajudar.

Com cautela, a garota entrou no quarto amplo atrás do caçador. No centro, havia uma grande cama de dossel coberta com lençóis e cobertores de um branco puro e suave. Cortinas compridas de linho pendiam em torno dela, presas com fitas às colunas de madeira, como em janelas. Em um copo com água ao lado da cama, havia uma rosa vermelha, com todas as suas pétalas espalhadas em torno dele, menos a última, que estava ainda dependurada e presa no caule. Uma mulher jovem e bonita estava dormindo na cama. Ela estava usando um vestido longo de seda azul com joias que reluziam em torno de seu pescoço. Seus lábios eram grossos e estavam levemente abertos, como se algo tivesse acabado de surpreendê-la. Os cabelos eram totalmente negros, exceto por duas grossas mechas louras uma de cada lado, e se espalhavam pelo travesseiro em ondas reluzentes. Ela era bela, mas também estava incrivelmente pálida. Considerando o estado do chão em torno da cama, isso não foi surpresa para Petra.

Sangue. Havia sangue por toda parte. Uma poça espessa e vermelha tinha se espalhado sob ela e agora envolvia toda a cama grande. A mão direita da jovem pendia para o lado da cama e, quando Petra olhou para ela, uma única gota pingou de seu dedo indicador e caiu no chão.

— É o dedo dela — murmurou. — Veja! Ela deve ter espetado o dedo.

— Você tem alguma atadura? — perguntou o caçador. — Alguma sálvia?

— Talvez. — Petra pegou do ombro a bolsinha que sua avó arrumara e derramou seu conteúdo em cima da extremidade da cama, depois de dar um passo com cuidado para evitar o sangue. — Ela ainda está viva? Ela deve ter perdido quase todo o sangue.

O príncipe se debruçou sobre a cama e pôs a mão no peito da jovem.

— Está! — exclamou ele com um sorriso. — Está respirando. Quase sem forças. — Ele, porém, não levantou a mão, mas a passou pelo corpo da bela adormecida. — Nunca vi uma garota como esta — murmurou. — Ela é perfeita.

— Não acho que você devia tocá-la desse jeito — disse Petra enquanto entregava um pequeno frasco do antisséptico natural de sua avó ao caçador. — Ela está dormindo. Você não pode sair por aí tocando garotas enquanto dormem.

Ou o príncipe não estava ouvindo ou preferiu ignorá-la, porque, quando o caçador cortou uma faixa do lençol da cama, o príncipe acariciou o rosto da jovem.

— Eu devia beijá-la — murmurou ele.

— Não, você não devia, não. — Petra olhou para o príncipe. — Isso seria completamente errado. Se alguém me beijasse sem minha permissão, fosse um príncipe bonito viajante ou não, eu lhe daria um tapa.

O caçador riu.

— Ela tem razão.

— Ela é uma princesa. Eu sou um príncipe. Eu *devo* beijá-la.

— Precisamos falar sobre as masmorras... — começou o caçador.

As duas coisas aconteceram ao mesmo tempo. O caçador envolveu a faixa de tecido bem apertada em torno do pequeno corte com o unguento e impediu que a gota seguinte caísse da ferida; o príncipe ignorou o aviso de Petra, baixou a boca até a da princesa adormecida e a beijou.

Um tremor repentino percorreu todas as pedras do castelo, e, em seguida, assim que ergueu os lábios dos dela, a garota engasgou, depois tossiu e em seguida abriu os olhos.

— Ela está acordando — sussurrou Petra. No copo ao lado da cama, a rosa com todas as suas pétalas florescia novamente em toda a sua beleza.

Um barulho de coisas batendo veio de algum lugar próximo, seguido por uma exclamação breve. Lá fora, um cavalo relinchou.

— Não apenas ela — disse o caçador ficando de pé. — Eles estão *todos* acordando.

— Acabamos com a maldição — disse o príncipe com a mão ainda segurando a da princesa.

Enquanto a cidade ganhava vida em volta deles, os três viajantes não tiravam os olhos da linda garota na cama que, aos poucos, levantava-se e ficava sentada. A cor voltava ao seu rosto como se, com o fim da maldição, seu corpo estivesse se restaurando à saúde perfeita. Ela olhou para eles, com olhos turvos.

— Quem são vocês? — sua voz era doce e suave. — O que aconteceu? — Ela olhou para o dedo enfaixado e para o sangue no chão, e seus olhos se arregalaram, já não mais confusos. — Havia um fuso. Rumpelstiltskin!

— Sou o príncipe de um reino distante — disse ele. — Meu pai ouviu lendas sobre o drama de sua cidade e nós viemos salvá-los. — Petra podia ver claramente que o jovem príncipe estava em pleno processo de se apaixonar completamente. — Eu a despertei com um beijo — concluiu.

A mulher na cama sorriu para ele e ou preferiu ignorar que provavelmente o curativo a havia salvado mais do que um beijo roubado, ou não estava desperta o suficiente para pensar direito na situação.

— Por quanto tempo eu dormi? — perguntou.

Petra pensou nas linhas que tinham sido riscadas na estátua no centro da cidade adormecida.

— Achamos que por uns cem anos — disse com delicadeza.

A princesa ficou um bom tempo em silêncio, e então, pouco antes de os soldados entrarem no quarto, murmurou aquela palavra outra vez.

— Rumpelstiltskin.

CAPÍTULO 5

"Hoje é noite de comemoração"

Descobriu-se, depois, que a princesa não era uma princesa, mas uma rainha, e seu nome era Bela. Enquanto a cidade despertava de seu sono, Bela declarou aquele dia feriado e mandou que as cozinhas preparassem um grande banquete para comemorar. Ela era um turbilhão de luz e riso, e o caçador percebeu que o príncipe estava encantado pela jovem, que por sua vez também parecia bem caída por ele, e os dois estavam sempre de braços dados enquanto a rainha caminhava pelo castelo com seus convidados.

— Meu pai, coitado, o rei, morreu há apenas seis meses — disse ela. — Éramos uma cidade ainda de luto, mas agora devemos deixar isso para trás e olhar para o futuro. — Ela se virou para o príncipe e sorriu. — E não tenho como agradecer a você o suficiente por nos salvar dessa maldição terrível.

— Nós... Eu... — disse o príncipe. — ... sou seu humilde criado. Teria matado um dragão para salvá-la.

— Mas por que alguém ia querer amaldiçoá-la? — perguntou Petra.

— Não sei — respondeu Bela, de cenho franzido. — Não consigo me lembrar. Só sei que foi Rumpelstiltskin. — A voz dela era delicada, mas, como estava intrigada, sua expressão ficou mais séria. — Tio Rumple.

— Seu tio? — disse o príncipe. — Mas isso é terrível. Ele deve querer a coroa para si.

— Eu o chamava de meu tio — disse Bela. — Mas ele não era um parente de sangue. Era o conselheiro mais próximo de meu pai. Sua expressão de preocupação se transformou em tristeza. — Achei que ele me amasse.

— Todos a amam, majestade. — Um homem de meia-idade vestido em túnicas com bordas de pele aproximava-se pelo corredor. — Nunca deve se esquecer disso. — Quando os alcançou, fez uma grande reverência. Seus olhos escuros eram atentos sob as sobrancelhas densas. — Deixe que seus conselheiros fiéis se preocupem com essas coisas. Ele não vai mais chegar perto de sua majestade, isso eu posso garantir pessoalmente. Por enquanto, devia tirar isso da cabeça e agradecer que um príncipe tão corajoso tenha restaurado tudo de volta à ordem.

Ele sorriu para o príncipe, que sorriu de volta, feliz por estar no centro de tanta adulação, mas o caçador percebeu a provocação cortante no sorriso daquele homem velho e o toque de energia nervosa que ele deixava escapar.

— Obrigada, primeiro-ministro — disse Bela. — O senhor sempre foi muito bom para mim.

— Isso porque conheço-a e entendo-a, majestade. Deixe que o conselho se preocupe com essas coisas. Devia estar se banhando e se preparando para o banquete — continuou o ministro. — Hoje é noite de comemoração!

— Tem razão. — A rainha ficou na ponta dos pés e deu um beijo no rosto barbado do homem. — O senhor costuma estar sempre certo. Eu só queria me lembrar. Tem tantas coisas de que não consigo lembrar. — Ela bateu e juntou as mãos, e o sorriso voltou. — Mas vamos nos retirar para nossos aposentos e nos preparar. Mais tarde vai haver música e danças, e tudo estará bem no mundo de novo.

O caçador deixou que o pequeno grupo se adiantasse um pouco e ficou para trás com o ministro.

— O que ela quer dizer quando fala que há coisas de que não se lembra? — perguntou. — Ela está doente?

— Não, não — disse tranquilamente o primeiro-ministro, retomando o passo para juntar o caçador outra vez ao grupo. — Ela tem uns lapsos de memória de vez em quando desde que era criança. Não são nada demais. Nada com que precise se preocupar.

O caçador sorriu e o seguiu, mas sua pele se arrepiou. Ele podia não ser um homem da corte, mas tinha quase certeza de que, quando um homem lhe dizia que não havia nada com que se preocupar, isso significava exatamente o contrário.

O caçador não demorou muito tempo se preparando para o jantar. Preferiu as próprias roupas, depois de lavá-las, a usar a camisa e as calças elegantes deixadas em seu quarto para ele. Aquela gente não era sua gente, e, por mais que fosse educado e respeitoso, não queria nem precisava impressioná-los. Em sua opinião, seu trabalho estava quase terminado. Ele tinha apenas de levar o príncipe em segurança de volta para casa.

Ele cochilou por cerca de meia hora e então saiu para andar pelo castelo por uma hora. Depois da imobilidade e do silêncio da chegada, era estranho ver as pessoas, de repente, em atividade, como bonecos que ganharam vida. Será que sequer sabiam por quanto tempo tinham dormido, perguntou-se, enquanto mulheres esfregavam a poeira do chão e os homens limpavam as janelas. A maioria estava rindo e conversando animadamente, mas aqui e ali algumas pessoas lançavam olhares desconfiados em sua direção e baixavam a cabeça enquanto corriam para fazer sua tarefa seguinte.

Nos corredores centrais do castelo, ele passou por grupos de cavalheiros e ministros, cada um deles vestido como o primeiro-ministro, mas talvez com menos peles e ornamentos em suas túnicas. Alguns estavam conversando em pequenos grupos, afastando-se e fingindo se divertir e rir quando ele passava. "Seriam conspiradores?", perguntou-se. A jovem rainha era boa e delicada. Será que aqueles homens mais velhos estavam tentando tomar o reino dela? Ele tentou afastar o pensamento da cabeça. Isso não era o que ele tinha ido fazer ali. Os problemas do reino não eram assunto dele.

Subiu até o alto de uma das torres para ter uma vista do que havia para cada lado delas, mas, no topo, foi impedido por dois soldados. Não eram garotos, mas homens; fortes e mal-humorados. Atrás deles, havia um sino grande num nicho.

— Você não tem permissão de vir aqui — disse o maior dos dois homens. — Todo mundo sabe disso. — A mão dele estava na espada, e o caçador ergueu levemente as mãos.

— Sou um visitante — disse ele. — Queria olhar a vista.

— Então, veja pelas janelas. Esta torre está fora dos limites. Só os ministros têm permissão de subir aqui.

Eles deram um passo à frente, e o caçador recuou pela escada de pedra. Por que um sino precisava de guardas? Por que ele tinha a sensação de que aquele castelo estava cheio de segredos? Só havia uma pessoa que podia lhe dar todas as respostas: o traidor Rumpelstiltskin, onde quer que ele estivesse.

Era noite de lua cheia, e as janelas estavam bem abertas para deixar entrar sua luz. O banquete estava uma festa muito alegre. O suntuoso salão de banquetes tinha sido decorado com flores e velas, e cada mesa estava cheia com mais comida do que os convidados poderiam comer. O caçador e Petra sentaram-se um de cada lado de Bela e do príncipe, que na verdade só tinham olhos um para o outro e passaram a maior parte da noite de mãos dadas e dando docinhos na boca um do outro.

Petra, num belo vestido vermelho e parecendo uma perfeita dama da corte, conversava com um ministro sentado a seu outro lado, enquanto o caçador, que já não era de falar muito, comia e bebia enquanto observava em silêncio os convidados reunidos. Eram principalmente homens e mulheres mais velhos e, apesar de estarem rindo e sorrindo, percebeu que não olhavam muito para a mesa principal onde estava sentada a rainha.

— Mais vinho, senhor?

O caçador ergueu os olhos e viu uma bela criada que o servia e sorria para ele. Ele assentiu e ela se inclinou para a frente para encher seu copo, fazendo um ângulo com o corpo que deixava o decote totalmente à mostra se o rapaz quisesse olhar. Como homem de sangue quente da floresta que era, olhou.

— Me conte — disse ele — quem são todos esses convidados?

— Principalmente ministros e suas esposas — ela respondeu. — Amigos do velho rei. — Por que pergunta, senhor? — Ela continuou inclinada para a frente com intimidade, e ele podia sentir seu calor limpo e sua pele fresca.

— Eles todos parecem um pouco velhos para a rainha. Onde estão todos os rapazes da corte?

— Ah, eles não vêm a esses jantares, senhor. Eles vêm aos bailes. Eu não sirvo nos bailes, por isso não sei dizer sobre eles.

O tom de flerte em sua voz foi substituído por um tom levemente defensivo, mas o caçador apertou a mão dela e piscou, e o vermelho retornou a seu rosto. De repente, ele sentiu a necessidade de algo simples e descomplicado, e aquela garota deixava clara sua atração por ele.

— Quem sabe depois do banquete — disse ele — podíamos beber um vinho e eu podia contar algumas histórias sobre a minha terra.

— Acho que ia ser divertido. — A garota deu um sorriso. — Eu então descubro onde ficam seus aposentos. — Ela se virou e foi embora, e o caçador a seguiu com seu sorriso. Ele podia viver sem as intrigas da corte.

— Ei. — Um dedo bateu em seu ombro, e Petra se jogou na cadeira ao lado dele. — A floresta não se abriu.

— O quê? — O caçador ainda estava pensando em qual seria a sensação de ter a garota embaixo dele. Petra o cutucou de novo.

— O ministro com quem eu estava conversando. Ele disse que a floresta ainda está lá. A maldição ou seja lá o que for não terminou completamente. — Ela fez uma pausa. — Sou só eu que acho, ou tudo parece meio estranho? Tem coisas neste castelo que parecem não fazer sentido.

— Não é só você — murmurou o caçador. — Vi as masmorras... — Mas, antes que pudesse dizer mais alguma coisa, o príncipe se levantou, batendo em seu copo de vinho com uma colherinha. Seu rosto estava corado, e os olhos brilhavam.

— Em primeiro lugar, gostaria de agradecer a todos a maravilhosa hospitalidade demonstrada para mim e meus companheiros de viagem. Estamos honrados e humildemente agradecidos por tantas manifestações de bondade.

Houve uma salva de palmas, e o caçador balançou a cabeça sem jeito para os convidados, cujos olhares cruzaram com o seu.

— Mas meu maior agradecimento deve ser à beleza que vocês trouxeram para minha vida. — O príncipe baixou os olhos para a mulher sorridente a seu lado, e de repente o caçador soube aonde aquele discurso ia parar. O príncipe era determinado e impulsivo, disso ele já sabia, mas tolo era algo que estava prestes a ser adicionado à sua lista.

— No momento em que eu a vi dormindo em seu leito, soube que ia amá-la para sempre. Nunca tinha visto ninguém tão perfeita — disse ele. — Eu lhe perguntei se queria se casar comigo. — Ele sorriu para os convidados. — E ela disse sim.

Algumas expressões de espanto percorreram o salão, mas logo os ministros reunidos começaram a aplaudir. O caçador observou que alguns homens trocavam olhares enquanto aplaudiam. Por trás de seus sorrisos, eles não estavam totalmente felizes com a notícia.

— Por isso… — A rainha se levantou e ficou de pé. — Que haja música e danças!

Quando o casal estava em sua terceira dança, o primeiro-ministro fez um sinal para que o caçador e Petra o seguissem até uma antecâmara e fechou a porta quando entraram. Ele serviu uma taça de vinho tinto para cada um e então se sentou atrás de uma pesada escrivaninha marchetada. O caçador se perguntou se o príncipe havia percebido quem mandava no reino. Não era a garota bonita com quem ele estava dançando, isso era certo.

— Eu queria que vocês fizessem um serviço para mim — disse ele. — Seu príncipe me disse que posso contar com a anuência de vocês.

Pela milésima vez desde que deixara sua casa, de novo, o caçador xingou o príncipe em silêncio.

— Meu trabalho — disse ele, encostando-se à parede e bebendo seu vinho — é proteger o príncipe e assegurar seu retorno em segurança. Mais nada.

— Então você vai fazer o que vou pedir. Pois imagino que a segurança dele depende disso: você precisa encontrar Rumpelstiltskin e trazê-lo até mim.

— O senhor não tem soldados que possam fazer isso? — perguntou Petra. — O senhor parece ter um monte de soldados aqui.

— Os soldados também estão procurando por ele, mas tenho minhas razões para querer que vocês o encontrem, e não eles.

— Por quê? — perguntou o caçador. Ele pensou nas masmorras, mas não mencionou que as havia visto. Por alguma razão, achou que isso não lhe seria favorável e, como Petra tinha observado, havia *muitos* soldados na cidade. Não seria difícil para o primeiro-ministro se livrar de um caçador viajante.

E ele tampouco queria terminar do lado errado de uma daquelas portas de celas de prisão.

— Só para garantir — sorriu o primeiro-ministro, ocultando por trás um vislumbre de uma expressão impaciente.

— O senhor não acha que ele agiu sozinho. — disse Petra. — Quer que ele diga os outros nomes.

— Minhas razões não são da sua conta. Basta dizer que quero que o tragam até mim e que o fuso que leva seja destruído. — Ele pegou um pedaço grosso de pergaminho em sua escrivaninha e o entregou ao caçador. — Estes são os endereços da casa dele e de outros lugares que frequenta. Talvez você encontre aí pistas de seu paradeiro.

O caçador pegou-o e enfiou-o no cinto.

— Vamos tentar, mas não conhecemos sua cidade nem seu povo. Os soldados vão ter mais sorte.

— Você é um caçador — disse maliciosamente o primeiro-ministro. — Cace.

— Vamos esperar até que a cidade durma — disse ele. — Aí partimos. — Ele abriu a porta para Petra, e eles deixaram o ministro para trás.

— Ele acha que há outros conspiradores — disse Petra. — Por que alguém conspiraria contra Bela? Ela parece a mais doce e bondosa das criaturas.

Sem se consultarem, nenhum dos dois se dirigiu de volta ao salão de banquetes de onde música e risos vinham na direção deles, mas pegaram as escadarias centrais na direção de seus quartos.

— Quem sabe? — disse o caçador. Quando chegaram ao espaço amplo no topo da escada, as cortinas ondularam com a brisa noturna que entrava pelas portas abertas da varanda. Petra parou, e seu olhar viajou, como se a conversa dos dois tivesse sido repentinamente esquecida.

— Ouviu isso? — ela perguntou.

— O quê? — O caçador ficou sério e atento. Sua audição, treinada por anos de rastreamento, era excelente, mas, tirando os convidados no andar de baixo e a brisa, o ar estava vazio.

— Ah, nada — disse baixo Petra, encaminhando-se para as portas da varanda. — Só uma coisa que ouvi antes. Do outro lado da barreira. — Ela afastou as cortinas e parou sob a porta aberta. Lá fora, a lua brilhava cheia e baixa no céu escuro. — Acho que vou me sentar aqui um tempo. Tomar um pouco de ar fresco.

— Não precisa vir comigo esta noite — disse o caçador. — Você pode estar mais segura no castelo.

— Eu quero ir — ela respondeu. — Tem alguma coisa nesta cidade que também quero descobrir. — Ela olhou de volta para ele por cima de seu ombro delicado, com os olhos mais escuros na noite. — E não tenho certeza sobre a segurança deste castelo.

Quanto a isso ele não podia discutir. Seus próprios sentidos estavam zunindo desde que a rainha despertara, e a ordem do primeiro-ministro fez seus nervos vibrar. Ele já era um pião no jogo de uma corte real, e agora estava metido em outro. Enquanto Petra andava até a beira da varanda, ele a deixou e pegou as escadas, dois degraus de cada vez, para gastar um pouco de energia.

Havia uma figura à espera na porta de seu quarto. Ele fechou a cara e em seguida sorriu. Era a criada que servia vinho. Ela se abaixou numa leve reverência.

— Estava pensando aonde você tinha ido. — Ela olhou para ele, com os olhos brilhando, cheios de malícia. — Achei que talvez quisesse que trouxessem alguma coisa para seu quarto. — Ela ergueu uma jarra de vinho. — Achei que podia servi-lo. Pessoalmente.

O caçador riu, abriu a porta de seu quarto e fez uma reverência.

— Primeiro as damas.

— Oh. — A garota riu ao passar por ele. — Eu não sou nenhuma dama.

CAPÍTULO 6

"Os dias escuros..."

— Talvez tudo isso tenha sido apenas destino — murmurou Bela junto ao seu peito enquanto o príncipe a abraçava bem perto, e os dois dançavam. — Se Rumpelstiltskin não tivesse... feito o que quer que ele tenha feito, e eu não tivesse dormido, então nunca teríamos nos conhecido. — Ela levantou os olhos para ele e sorriu. Era a expressão mais doce que já havia visto, e seu coração derreteu-se de novo só de ver seu rosto exótico. Os olhos dela eram da cor de águas claras em um riacho de verão, e ele tinha vontade de mergulhar neles. Conhecê-la completamente. — Eu estaria morta muito antes de você nascer — ela continuou. — Você nunca teria me despertado.

— Então, sim, meu amor. — Ele a beijou na testa. Sua pele era macia e os cabelos tinham o aroma de flores de primavera. Ele estava completamente encantado por ela. — Deve ser o destino.

— Você me salvou. — Ela inclinou o rosto levemente para cima. As duas mechas de cabelos louros nos cabelos perfeitamente negros caíam soltas em cachos bem penteados dos dois lados de seu rosto pálido. Os lábios dele encontraram os dela e eles se beijaram outra vez. Ela era macia em seus braços, e a sensação de sua língua ao tocar a dele era elétrica. Ele a *tinha* salvado. Em sua mente já havia afastado a imagem do caçador fazendo o curativo no dedo dela e estancando o sangue que escorria no momento em que a despertou. Aquilo tinha sido mera coincidência.

— Um beijo de amor verdadeiro é a única maneira de acabar com uma maldição — ela disse, com a boca afastada da dele apenas por um suspiro. — Todo mundo sabe disso.

— E amo você de verdade — murmurou ele em resposta, com voz rouca. Ele a amava. Tinha sido arrebatado no momento em que a tocara; uma onda de admiração, reverência e paixão que nunca havia sentido antes. Era quase magia. Ele a puxou mais para perto para sentir o volume do corpo dela contra sua camisa. A boca dele ficou um pouco seca enquanto combatia a ânsia de abraçá-la inteira.

— Vamos nos casar logo — disse ele. O desejo por ela era tão grande que não tinha certeza se conseguiria aguentar mais. Todo o resto havia desaparecido; os desejos de seu pai de expandir o reino, o desejo de voltar para casa carregado de tesouros e ser tratado como um herói, até seu apetite normal pela bebida e pelas mulheres tinha desaparecido. Seu lar era uma memória distante. Tudo o que importava era a garota e possuí-la completamente.

— Claro — ela disse, mesmo sem fôlego como estava. Seus olhos brilhavam à luz dos candelabros reluzentes no alto. — Vou anunciar isso para a cidade amanhã, e vamos nos casar no dia seguinte. Teremos uma família e viveremos felizes para sempre. Darei a cada pessoa na cidade uma moeda de ouro como presente de casamento para demonstrar minha felicidade. E as festas e os banquetes vão durar vários dias. Quero que meu povo fique tão feliz quanto eu estou. É tudo o que sempre quis.

O príncipe tinha certeza de que seu coração ia explodir. Ela não apenas era bonita, mas também boa, gentil e generosa.

— Não acredito que não era comprometida — disse ele. — Qual o problema com os nobres deste reino? Ou com os príncipes que vivem perto daqui?

— Meu pai era muito protetor comigo — ela disse baixinho, e uma leve sombra obscureceu seu rosto e seus olhos, que se afastaram. "Ela devia amá-lo muito", pensou o príncipe.

— Bem, agora eu vou proteger você — disse ele. — Meu caçador vai encontrar o traidor e tudo ficará bem.

— E vamos viver felizes para sempre — tornou a murmurar Bela, enquanto seu sorriso voltava. Eles se beijaram mais uma vez e a música continuou a tocar. Ao redor deles, sabendo que o jovem casal não tinha olhos para mais ninguém além dele mesmo, os ministros e suas esposas logo foram embora. Não eram mais jovens e já era tarde. Apesar de terem passado um século dormindo, o corpo deles estava cansado e os pés doíam, e queriam poder parar de sorrir.

Era uma noite fresca de primavera, mas Petra não ligava. O castelo, estranho como tantas outras coisas ali, provocava-lhe claustrofobia, e ela não conseguia evitar a sensação incômoda que a perturbava desde que Bela despertara. O príncipe estava cego para aquilo, cego para tudo, menos sua paixão súbita, e ela também achava isso estranho. A garota sabia que os homens podiam agir como idiotas quando havia mulheres envolvidas, e, apesar de o príncipe ser arrogante e mimado para que o achasse atraente, ele não lhe parecera burro. Sua avó lhe contara muitas histórias de príncipes bonitos, histórias que sem dúvida eram invenções de sua cabeça, mas que inculcaram nela a noção de que a realeza era sempre honesta apenas consigo mesma. Aquele era, de repente, um homem mudado, se esse fosse o caso.

A barreira da floresta ainda estava densa em volta deles. O salão de bailes suntuoso que encontrara enquanto a cidade dormia agora estava muito bem trancado. As coisas não estavam bem naquele reino. Petra se apoiou no mármore branco e liso da varanda e jogou a cabeça para trás. No céu, a lua estava cheia, brilhando com sua luz fria sobre a escuridão da cidade abaixo. Vinha música do salão de bailes enquanto a festa prosseguia interminavelmente, e ela franziu o cenho tentando ouvir *além* dela. Era uma distração irritante do som que seus ouvidos buscavam. A contrapartida a seu dueto triste que a atraíra até ali mesmo antes de o príncipe e o caçador terem aparecido em sua vida. Ela não se importava com castelos e belas adormecidas. Não se importava nem com maldições. Essas coisas deviam seguir seu destino. Era a canção fantasmagórica que a alcançara através da parede densa da floresta que a prendia ali.

E lá estava ela. Petra quase engasgou ao ouvi-la; um uivo soava baixo. Cantava para ela, com muita melancolia e muita força. O coração dela palpitou. A pele começou a formigar. Ela olhou para a noite.

— Onde está você? — sussurrou. — *O quê* é você? — O uivo a alcançou outra vez. Animal e humano em apenas um. Sem ao menos pensar se seria ouvida por alguém, a garota jogou a cabeça para trás e respondeu ao chamado. A criatura, quem quer que fosse, juntou sua voz à dela, e ela teve certeza de ouvir a própria excitação no som quando seus gritos se misturaram na noite. Seus pés desejavam descer correndo as escadas e sair pela noite estranha daquela cidade. O caçador que achasse esse Rumpelstiltskin. Ela ia fazer uma busca diferente.

Os lençóis estavam uma bagunça amarfanhada em torno das pernas deles, e a criada, que ele soube chamar-se Nell, estava deitada de lado junto do caçador com os cabelos jogados sobre um ombro. Ela deu um gole de vinho e passou o copo para ele.

— Você deve estar com sede.

Ele riu um pouco e bebeu, desfrutando da sensação do suor esfriando sobre seu corpo, em seguida debruçou-se para a frente e a beijou. Ela tinha uma beleza natural, e um corpo cheio e voluptuoso que talvez um dia ficasse gordo, mas agora era jovem e firme. Ela sorriu e então se encostou no peito dele, os dois satisfeitos com o prazer que tiveram um com o outro. Eles não tinham falado muito, suas necessidades eram urgentes demais, mas agora estavam satisfeitos e dividiam o espaço confortável que só existe entre dois estranhos que acabaram de ter bom sexo e estão à vontade na companhia um do outro. Sua bolha de intimidade podia não durar, mas resistiria pelo menos enquanto estivessem juntos.

— Há quanto tempo você trabalha no castelo? — perguntou o caçador, passando os dedos pelos cabelos dela e descendo até a pele macia de suas costas. Ela não era ingênua. O comportamento atirado tinha deixado isso claro antes de qualquer coisa que ela fizera, mas ela era jovem, não devia ter mais que 17 ou 18 anos, e em seus olhos brilhava um enorme entusiasmo.

— Só duas semanas. — Seu hálito quente fez cócegas nos pelos do peito dele. — Eu costumava trabalhar na leiteria nos arredores da cidade. Trabalhava lá desde os 12 anos, quando meus pais morreram por causa da gripe.

— Sinto muito — disse o caçador.

— Não precisa. Já se passaram muitos anos, e as mulheres na leiteria foram boas para mim. Não posso reclamar. Muitas meninas lá não tinham família por diversas razões. Nisso eu não estava sozinha, e era um bom lugar. O trabalho não era pesado demais depois que você aprendia direito o que tinha de fazer, e eles não eram muito duros. — Ela deu um risinho e depois olhou para ele, seus olhos cheios de malícia. — Eu costumava dormir num dormitório com outras seis ordenhadoras. Todas sempre tinham namorados.

— Achei que você tinha aprendido alguns truques em alguns lugares. — O caçador a puxou para mais perto, aproveitando seu calor descomplicado. Seus namorados anteriores não o incomodavam, e não teriam incomodado mesmo que ele a amasse. Ele não tinha tempo para esse tipo de preconceito. Isso não se encaixava em sua lógica interna e lhe parecia apenas pura estupidez. Afinal de contas, eles eram todos apenas animais, e por que uma mulher devia se negar ter prazer só porque um homem inseguro poderia pensar mal dela? Se nenhuma mulher cedesse a seus desejos, então a vida dele teria sido muito mais chata. As mulheres eram de longe o sexo mais sensual, mas a maioria dos homens não sabia como manter esses sentimentos vivos nelas. A maioria dos homens as fazia sentir vergonha de seus desejos, em vez de se deleitar com eles, e depois se perguntava por que as coisas murchavam e morriam entre o casal. Com ele não seria assim, se um dia achasse a garota de seus sonhos.

— Da leiteria para o castelo parece um salto e tanto para uma menina órfã — disse ele. Ele tentava tirar informação dela, mas não conseguia evitar. Desde que chegara ali, algo o estava deixando preocupado e alerta, e logo ele teria de partir para caçar um traidor, um trabalho de que ele não gostava nem um pouco, ainda mais tendo de trabalhar sem liberdade de ação. Ele não era um soldado que simplesmente obedecia ordens. — Como conseguiu isso?

— Ao longo dos anos, algumas meninas da leiteria vieram para o castelo — disse ela. — O primeiro-ministro fez uma visita e me escolheu pessoalmente. Então arrumei minhas coisas e vim para cá. Mas às vezes sinto falta da leiteria. Apesar de a vida ser mais fácil, aqui tudo tem mais regras.

— Mas acho que você ainda consegue se divertir — disse ele.

— Bem, quando um estranho bonito nos visita, eu tenho de aproveitar ao máximo.

— Então você acha a vida no reino boa? — perguntou, enquanto bebia seu vinho, pensativo.

— É, por quê?

— Tem muitos soldados em toda parte. O castelo é muito protegido. Achei que vocês deviam ter sido atacados recentemente por outro reino. Afinal de contas, eles estão sempre lutando. — Ele fez uma pausa. — Quando chegamos e vocês todos estavam dormindo, vi as masmorras. Lá tem máquinas que são... — Era difícil encontrar uma palavra apropriada para aquilo. Ele caçava e matava para viver, mas fazia com que cada morte fosse a mais rápida e indolor possível. As coisas que ele tinha visto ali eram projetadas, pelo que ele pôde ver, para provocar o máximo de dor e agonia enquanto mantinham a pessoa viva. Eram as masmorras de um rei tirano, não de uma rainha bonita e feliz. — Uma barbaridade — disse ele por fim.

— Não sei de nada disso. — Ela ficou levemente tensa nos braços dele. — E não houve guerra. Acho que há tantos soldados por causa dos dias escuros. Não temos nenhum há cerca de um mês. Deve estar vindo um por aí.

— Dias escuros? — perguntou ele.

— Nós não devemos falar deles. Ninguém deve. Isso pode incomodar a rainha, e ninguém quer fazer isso. Ela é uma alma tão boa. — A moça se sentou, cruzou as pernas e se enrolou no lençol para se esquentar, agora que o suor tinha esfriado e o calor se perdido. Pegou a taça de vinho dele e tomou um gole. Ele não a pressionou com outra pergunta, mas esperou enquanto ela bebia.

— Dizem que a rainha tem uma gêmea, mas a irmã nasceu louca e cruel, e vive trancada nos aposentos do castelo. Ela está lá desde que o pai a isolou para a segurança de todos. Às vezes, por insistência da rainha, porque ela é bondosa, doce, simpática e ama a irmã apesar de sua maldade, elas trocam de lugar. A rainha se tranca nos aposentos, e a irmã assume o controle. Um sino toca e ecoa pela cidade, e todos devemos nos trancar em casa até que tudo isso termine.

— E o que a outra rainha faz durante o tempo livre? — O caçador estava igualmente preocupado e intrigado.

— Na verdade, ninguém sabe. Sempre há tempestades com raios e trovões que transformam as estradas em rios. Dizem que a outra irmã tem a magia da mãe. Às vezes há festas no castelo. — O rosto dela se animou, mas não sem um pouco de medo. — Ouvi dizer que nessas noites passam carruagens pelas ruas. Mas logo o céu fica limpo, o sino toca novamente e a vida volta ao normal.

— Isso acontece com muita frequência?

— Depende. Mas tenho certeza de que tem acontecido com mais frequência que antes. — Nell deu de ombros. — Como eu disse, não falamos sobre isso. Ninguém quer que a rainha saiba, e ela é muito boa com todo mundo. Talvez haja tantos soldados porque os ministros têm medo de que alguém possa tentar machucar sua irmã.

O caçador tinha pensado a mesma coisa. Nell era uma garota simples, mas não era burra. Uma voz de repente atravessou o quarto.

— Bem, querida, agora que contou a nosso visitante uma história resumida dos rumores ridículos que correm em nossa cidade, talvez pudesse voltar ao trabalho.

O caçador pegou a faca do outro lado da cama antes de perceber que quem tinha falado era o primeiro-ministro. Ele estava parado no canto do quarto, a boca apertada numa expressão de desprezo. Há quanto tempo ele estava ali? Não era normal para o caçador não sentir um estranho por perto. Talvez eles não tivessem fechado a porta do quarto direito quando entraram.

— Sinto muito, senhor. — Nell pulou da cama, de cabeça baixa e ainda estava enrolada no lençol quando fez uma reverência desajeitada.

— Ela não fez nada de errado — disse o caçador, ainda recostado na cama, forçando seu corpo a relaxar para não dar ao político nenhuma pista sobre quanto sua interrupção o havia irritado. — Na verdade, eu a deixei sem escolha.

O primeiro-ministro olhou para Nell, que, depois de juntar suas roupas, dirigiu-se à porta do banheiro para se arrumar.

— Sim, tenho certeza — disse ele num tom carregado de ironia. — Ela parecia totalmente *coagida* quando eu entrei.

— Tenho poderes de persuasão muito fortes.

— Tenho certeza de que sim. — O ministro esticou o corpo. — Espero que suas habilidades de caçador sejam igualmente impressionantes. É hora de partir para procurar Rumpelstiltskin. Não se esqueça: preciso dele vivo. — Fez uma pausa. — E lembre-se de que seu príncipe ainda está no castelo.

O caçador se levantou e se espreguiçou. Antes de pegar as calças, divertiu-se um pouco com o desconforto do ministro por estar diante de sua nudez.

— Isso foi uma ameaça? — perguntou. — Quando ele e a rainha estão tão apaixonados?

Um riso de escárnio passou pelos lábios do ministro.

— A segurança dela é mais importante do que a felicidade. Bela pode ser muito doce, mas a conheço melhor do que ela mesma.

— Mas isso ainda é uma ameaça. — O caçador sorriu, com olhos brilhando. Ele não tinha tempo para mais nada, além de falar diretamente. O primeiro-ministro deu de ombros.

— Prefiro pensar nisso como um lembrete do equilíbrio de nossa relação.

— Não se preocupe — disse o caçador, vestindo a camisa rústica pela cabeça. — Vou dar o meu melhor. — Enfiou a faca na bainha em seu cinto e pegou a bolsa. Não ia deixar os sapatinhos de diamantes ali: não acreditava que ninguém mexeria em suas coisas, nem mesmo o príncipe. Ele caminhou na direção da porta, esbarrando de leve no corpo mirrado do homem mais velho. Não o suficiente para empurrá-lo, só o bastante para informá-lo de que não estava intimidado. O caçador podia não ter sido educado na política do castelo, mas entendia que o jogo de poder entre os homens funcionava de muitos modos diferentes, e ser o mais forte dos dois era algo primordial.

— Só mais uma coisa — chamou o ministro quando ele passou. — Os soldados.

— O que têm eles?

— Não pressuponha que sejam amigos.

O caçador franziu o cenho.

— O que quer dizer com isso?

— Não posso garantir que todos sejam leais à rainha. — O ministro levou os dedos ao queixo. — Vamos dizer apenas que pode haver alguns inimigos entre eles. Os soldados têm ordem de entregar o traidor diante de todo o conselho. Lá algumas pessoas iam querer usá-lo para tentar me desacreditar. Isso não seria bom para a segurança de nossa rainha. — Os olhos dele ficaram sombrios. Nem, por consequência, de seu príncipe. Acho que nós dois podemos concordar que o garoto está totalmente cego de amor neste momento para ver qualquer coisa que não a beleza.

— Isso não vai ser problema — disse o caçador. — Ainda não conheci alguém aqui em que confie. Se encontrar seu Rumpelstiltskin vivo, vou trazê-lo para o castelo. O senhor tem minha palavra.

Ele se virou e saiu pela porta. Queria voltar para o ar fresco, mesmo que confinado à cidade. Pelo menos, a maior parte da população estaria dormindo, e ele e Petra teriam alguma trégua dos modos traiçoeiros dos estranhos que eles tinham despertado.

Além disso, apesar dos endereços e dos mapas que o primeiro-ministro tinha tão cuidadosamente fornecido a eles, o caçador tinha uma boa ideia de onde procurar.

CAPÍTULO 7

"Lá vem a Fera..."

Enquanto caminhavam pelas ruas silenciosas, Petra quase podia se convencer de que a cidade estava novamente enfeitiçada. Ela se perguntou como os moradores podiam dormir de novo depois de seu sono de cem anos, mas parecia que todo o reino tinha voltado direto para a rotina diária. Para eles, afinal, tinha passado apenas um momento.

A noite não estava longe do amanhecer, e o céu acima deles começava a mudar do negro para um azul da meia-noite. Como nunca tinha ido a uma cidade tão grande antes, Petra se sentia num labirinto. Só o castelo que dominava a paisagem atrás deles dava a ela algum sentido de direção. O caçador, entretanto, seguia confiante.

— Nós vamos para a casa desse Rumpelstiltskin? — murmurou. Ela estava novamente com as próprias roupas e havia puxado sobre a cabeça o capuz da capa vermelha quando uma brisa repentina cortante soprou de uma ruela. Pela primeira vez, desejou que o casaco que adorava fosse preto ou cinza ou de outra cor que se misturasse aos prédios ao redor. Ao amanhecer, com todas as cores arrancadas do ar, ela ia chamar muita atenção, não importava se um soldado ou o traidor que estavam caçando captasse apenas um vislumbre dela pelo canto do olho. Sem falar em chamar atenção da criatura cujos uivos dançavam com sua alma. Fascinada como estava por descobri-la, seu coração batia acelerado com o perigo. Ela sabia muito bem que lobos podiam destroçar animais mais fracos. Talvez a cor de seu casaco fosse profética.

— Você estaria em casa se fosse ele? — respondeu rapidamente o caçador. — Acho que não.

Ela não podia ver o rosto bronzeado dele e seus olhos escuros, pois se mantinha nas sombras, mas seus pés seguiam com determinação. Petra confiava nele. Eles formavam um trio estranho: o príncipe com sua aventura e a necessidade de um final de conto de fadas, o caçador que estava com ele obviamente por obrigação, e por fim ela, a garota da floresta, atraída por um som raro, que deveria aterrorizá-la em vez de atraí-la. Três forasteiros sem objetivo em comum, unidos apenas pela necessidade de voltar para casa.

— Mas podemos achar alguma pista lá. De onde ele está escondido.

— Os soldados já devem ter feito uma busca por lá e, sem dúvida, ter destruído qualquer coisa que pudesse ter alguma utilidade. Eles raramente são homens muito sutis. Viraram uma esquina e, de repente, Petra reconheceu onde estavam: a grande praça do mercado que ficava bem no coração da parte da cidade das pessoas comuns. O caçador os conduziu até o monumento no centro. — E posso não saber onde ele está escondido, mas tenho uma boa ideia de onde vamos encontrá-lo. — Ele apontou para as linhas riscadas em sua superfície. — Alguém permaneceu vivo esse tempo todo. Se era ele, então nem o melhor caçador do mundo vai achá-lo. Ele teve cem anos para explorar a cidade. Vai conhecer cada fenda, cada recanto e espaço secreto aqui. Entretanto, as pessoas não podem se esconder para sempre, e esse Rumpelstiltskin deve saber que, em algum momento, vai ser visto por alguém. O que você faria se fosse ele?

Petra olhou para as linhas que ficavam menos firmes ao registrar a passagem do tempo.

— Eu ia querer fugir. Antes que a rainha se organizasse de novo. — Ela se enrolou apertada na capa. — Mas aonde poderia ir?

— Nós entramos. Imagino que ele tenha nos visto. Se eu fosse ele, tentaria primeiro aquele ponto na barreira da floresta.

— Mas a floresta se fechou de novo atrás da gente — disse ela.

— E é por isso que temos uma chance de pegá-lo. E, então, talvez o muro de floresta seja bom o suficiente para nos deixar sair de novo.

— Boa sorte quando for tentar convencer o príncipe a ir embora — ela sussurrou baixinho enquanto retomavam o passo, agora mais rápido. — Ele está totalmente enfeitiçado por ela.

Petra estava sem fôlego e um pouco suada quando chegaram pela estrada aos limites da cidade. Algumas vezes tiveram de se esconder de grupos de soldados que passavam, mas não foram vistos por nenhum deles, que faziam tanto barulho ao se aproximar que sempre havia tempo para achar um bom canto ou sombras onde se esconder. O caçador estudou a barreira alta e reta da floresta e, então, sorriu.

— Veja — murmurou. Petra seguiu seu olhar. Havia uma moeda de bronze no capim alto. — Um marcador. Ele deve ter deixado aí depois que passamos. Para lembrá-lo do lugar. — Ele olhou ao redor, examinando a área ainda escura. — Ali — disse ele, gesticulando com a cabeça na direção de um emaranhado de ervas e galhos que se esparramavam para baixo. — Vamos nos esconder aqui até ele aparecer.

Ela não tinha nenhuma vontade de se comprimir contra a parede da floresta outra vez. A memória de como tentara sufocá-los na vinda ainda estava fresca em sua cabeça, porém ela ficou atrás do caçador e fez o que ele fez. O perfume que os envolveu por trás era quase opressivo, como se toda planta e flor tivesse um lugar na parede. Havia carvalho e sândalo, lírios, lilases e flores de macieira misturados com mirtilo e o aroma acentuado de folhas verdes grossas. Por um instante, Petra quase ficou tonta.

— Quando será que ele vem? — ela murmurou.

— Quando amanhecer, acho. Ele vai querer mais luz.

E na verdade não foi uma espera longa. Depois de uns vinte minutos, uma silhueta escura surgiu correndo pelos cantos e, espiando através dos galhos, Petra soube que era o homem que buscavam. Ele era alto, devia ter uns 50 anos e vestia uma jaqueta escarlate, que já passara por dias melhores. Levava uma mochila de aspecto pesado nas costas e, do alto dela, projetava-se um fuso. Petra segurou a respiração quando ele se aproximou dos dois, murmurando sozinho e examinando o chão até que se abaixou e pegou a moeda. Na outra mão, levava um machadinho e, depois de guardar a moeda no bolso, começou a golpear as plantas à sua frente.

Petra mal sentiu o caçador se mover. Ele se agachou para ficar abaixo do campo de visão de

Rumpelstiltskin, saiu em silêncio do esconderijo e fez um círculo para ficar atrás do homem. As árvores farfalhavam ao ser golpeadas pelo machado, e, com o céu clareando lentamente, um alvoroço de folhas dançava em volta de Rumpelstiltskin enquanto ele atacava a parede totalmente concentrado em sua tarefa. O caçador se aproximou às suas costas, devagar e com passos firmes, sem movimentos bruscos para não alertar sua presa até que, com menos de um metro a separá-los, ele saltou para a frente, um pulo fluido e ágil.

Foi tudo tão rápido, que Petra mal percebeu o caçador virar Rumpelstiltskin de frente e tomar o machado de sua mão, antes mesmo que entendesse o que acontecia. O homem soltou um gemido baixo e caiu contra a parede da floresta. Petra saiu do esconderijo.

— Você — disse Rumpelstiltskin, com voz clara no alvorecer imóvel enquanto seu olhar ia e vinha do caçador para ela. Seus olhos aquosos brilhavam de desespero. — O que você fez? Por que você a acordou?

— Temos de levá-lo para o castelo — disse o caçador. — Isso não é problema nosso. Você e os seus pares que resolvam isso. — Petra ficou surpresa com a simpatia no tom de sua voz.

— Você transformou isso em problema seu — gemeu Rumpelstiltskin. — *Você* a despertou. Estava tão perto. Depois de tanto tempo, tanto tempo, cem anos de espera. Estava muito perto. Aí você a despertou.

Petra se mantinha a distância. Não tinha certeza do que estava esperando, mas não era aquela total desolação emocional. Não depois de conhecer os outros ministros. Afinal, aquele homem tinha ficado acordado pelos cem anos em que todos os outros dormiram. O que isso faria a uma pessoa?

— Depois de tudo o que perdi — murmurou ele, com os olhos se enchendo de lágrimas. — Tudo de que, por tolice, abri mão. E agora você a *despertou*. E agora tudo está como era antes. — Ele olhou para o caçador. — Seus idiotas. Estrangeiros idiotas.

Então, não resistiu mais. Os ombros curvaram-se mais, e, enquanto chorava, soltou um gemido baixo que carregava cem anos de solidão e desespero. Era uma visão horrível. Petra achou que ele ia implorar para que o soltassem, suplicar por sua vida, pedir para ser salvo de qualquer punição que o aguardasse no castelo, mas estava resignado. Olhando para o machadinho que trouxera e agora estava preso ao cinto do caçador, talvez ele nunca tivesse realmente acreditado que fosse conseguir abrir caminho até a liberdade.

O caçador, evidentemente tocado pelo infortúnio do homem, deu um passo à frente para passar um braço em volta de seus ombros, e Petra estava tão concentrada na cena à frente, que não ouviu os passos apressados às suas costas até ser tarde demais.

De repente, foi puxada para trás pelo casaco vermelho, e, enquanto braços fortes a seguravam sem nenhum cuidado, sentiu um aço frio e afiado na garganta. Petra soltou um gritinho curto, e o caçador se virou, esquecendo-se de Rumpelstiltskin.

— Você vai entregá-lo para mim agora. — A voz era rouca, e seu rosto recebeu um bafo de mau hálito. Ela sentiu um peitoral de metal contra suas costas e se sacudiu um pouco para tentar se soltar, mas os braços dele eram fortes. E ele fedia a suor.

— Então, por que você não solta a garota, soldado? — disse o caçador. — Nós aqui estamos do mesmo lado. Íamos levá-lo para o castelo como nos ordenaram.

— Ele não vai a lugar nenhum. Tenho minhas ordens. Há mais homens atrás de mim. — O soldado apertou Petra com mais força e ela teve de se esforçar para conseguir respirar. — Mate-o agora e talvez nós os deixemos viver.

— Solte a garota. Ela não fez nada. — O caçador deu um pequeno passo à frente e levantou as mãos. — Faça o que tiver que fazer, mas eu não vou matar um homem a sangue-frio.

— Para trás — disse o soldado. Petra percebeu pela tensão em seu corpo que ele era jovem e estava nervoso com aquela agressividade. O rapaz, então, apertou a faca com mais força contra o pescoço dela. Força demais. Ela sentiu uma dor forte na pele e soltou outro gritinho, sabendo que a faca a havia cortado. Sentiu um calor escorrer pelo pescoço. Sangue.

O caçador congelou. E então, do nada, ele apareceu, passando por cima do caçador e saltando na direção de Petra com um rugido raivoso e aterrorizante!

O lobo.

O animal lhe encheu a visão. A pele grossa cinza-azulada por cima de uma poderosa estrutura muscular. Aquele não era um lobo comum, como os que atacavam as cabras de sua avó. Aquele era etéreo e terreno ao mesmo tempo. Era duas vezes maior, e seu pelo reluzia tanto que, mesmo à luz mortiça do amanhecer, parecia brilhar. Ele voou pelo ar diante dela. Tinha olhos amarelos brilhantes e dentes afiados arreganhados por trás de lábios negros. Garras se projetavam de patas enormes. Era violência sem controle. Era fúria.

Pouco antes de acertá-la, Petra achou que era a criatura mais bela que já tinha visto. E, então, perdeu o ar e caiu no chão.

O baile tinha terminado uma ou duas horas antes, mas o príncipe e Bela ainda não conseguiam se separar. Ele tinha certeza de que devia estar cansado, mas a absoluta felicidade de ter encontrado o amor o mantinha bem acordado. Apesar de terem se beijado muitas vezes, agora havia nela uma inocência que o impedira de sugerir que fossem para o quarto, apesar do desejo pulsante que sentia por ela. Ia esperar pela noite de núpcias e, então, a tomaria com gentileza e carinho, e seu amor não seria maculado pela pressa. Ela era tão pura... Depois de todas as mulheres com quem se divertira, ele agora quase sentia vergonha de seus encontros passados. Talvez devesse ter se mantido puro para ela. Por outro lado, príncipes deviam ser homens do mundo, e era certo que ele tivesse experiência: ela era rainha, mas ele seria o senhor do casal.

À medida que a noite se transformava em dia, os dois caminhavam de braços dados, parando de vez em quando para que ela lhe mostrasse um quadro que adorava ou peças de escultura decorativa que encomendara, e aos poucos lhe mostrou sua enorme casa; um castelo no nível do de seu pai em termos de riqueza e luxo. Pararam nas cozinhas, onde os padeiros que trabalhavam à noite tinham feito pão fresco para o outro dia, e as palavras doces de Bela para os homens os fizeram corar com os elogios por seu trabalho.

Beliscando *croissants* quentes, eles voltaram para o coração do castelo e atravessaram o salão de bailes que até bem recentemente estava cheio de música e dança. Ele a puxou para junto de si e os dois giraram, rindo como crianças pelo salão até chegarem à porta mais distante, onde pararam para se beijar. Ela ficava tão natural em seus braços, e ele passou os dedos em seu rosto, desceu-os e acariciou a parte de cima de seus seios, e a ouviu suspirar e estremecer levemente de prazer. Ela também o queria, ele podia ver isso em seus lábios perfeitos entreabertos e em seu olhar perdido.

— Amo você — disse Bela com ternura e sorriu.

— Também amo você. — E ele a amava. Ela era perfeita.

Do salão de bailes, ela o levou até a biblioteca. Todas as paredes estavam cobertas com estantes de mogno e carvalho lustrado cheias de milhares de livros. Conforme os raios de sol penetravam pelas janelas, Bela corria de uma estante para outra mostrando suas histórias favoritas da infância: príncipes que matavam dragões no Monte Ermo, histórias de piratas dos mares do Oriente e outras histórias de amor, magia e aventura. Enquanto ria e prometia a ele que um dia leriam aquelas histórias juntos para os próprios filhos, o príncipe notou uma portinha no canto, praticamente imperceptível em meio à beleza e às cores dos livros a sua volta. Era de madeira, de mogno como as estantes, e, ao abri-la, teve a certeza de ouvir o som de sinos ao longe. O príncipe olhou para cima e viu fios que subiam das dobradiças até o teto. Uma campainha para chamar os criados? Por que ali? Aquele era um lugar de passagem, não um lugar onde parar e pedir bebidas ou acender o fogo. Por que fazer isso? Era apenas um corredor estreito. Será que a porta era um resquício de alguma reforma feita muitos anos antes? Será que o corredor fizera parte de outro aposento antigamente? Ele entrou, curioso.

— Bela — ele a chamou. — O que tem aqui? — O corredor não era enfeitado com retratos, e havia apenas uma porta simples de carvalho na outra extremidade. Ele caminhou em sua direção, sem esperar por ela, e ergueu a pesada maçaneta, uma grande argola de ferro. Ele a girou e puxou, mas nada aconteceu. A porta estava trancada.

— Nunca venho aqui. — A voz de Bela pareceu contida. Tinha perdido todo o humor. O príncipe a olhou. Bela tinha o cenho levemente franzido do outro lado do corredor. — Por que não vamos agora? Estou cansada. Devíamos ir para cama.

O príncipe se agachou um pouco e tentou espiar pelo buraco da fechadura. Estava escuro, mas pôde perceber o vermelho das paredes e o que pareciam cortinas negras pesadas. Havia o brilho de ouro aqui e ali.

— Acho que é outro salão de bailes — murmurou antes de se aprumar e voltar para junto dela. — E você nunca viu o lugar? Mas como?

Ela havia começado a tremer um pouco, e a boca se apertou.

— Não quero ficar aqui.

— Mas você não fica curiosa? Com certeza devia conhecer todas as partes de seu castelo. Afinal, é a rainha.

— Eu disse que não quero ficar aqui. — O tremor estava começando a ficar mais visível, e, enquanto

Bela se afastava, começou a puxar o cabelo, soltando mechas dos cachos cuidadosamente arrumados em sua cabeça.

— Qual o problema? — O que de repente a incomodava? Será que alguém tinha morrido naquele lugar? Um de seus pais, talvez? — Sinto muito — disse, correndo na direção dela. — Não queria chateá-la.

O príncipe estendeu a mão para tocá-la, ela, porém, recuou. Seus olhos estavam meio perdidos e ele se perguntou se Bela ao menos sabia que estava ali.

— Bela? — disse ele.

— Não gosto daqui — ela murmurou, e então, sem avisar, deu um tapa forte no próprio rosto.

O príncipe ficou tão chocado que, por um instante, não teve reação. A pele lisa dela ficou com fortes marcas vermelhas de dedos. Só quando a moça levantou a mão para bater de novo ele esticou o braço e agarrou-lhe o pulso para detê-la.

— O que há de errado com você? O que foi?

Ela sibilou e lutou para se soltar. O leve tremor ficou tão forte, que, para o príncipe, talvez Bela estivesse prestes a ter um ataque. Talvez fosse isso. A respiração dela estava acelerada e ela se abraçou.

Passos rápidos vieram pela biblioteca, e o primeiro-ministro chegou correndo até o casal, com sua túnica flutuando em seu rastro.

— O que você está fazendo aqui? Por que abriu a porta?

— Eu não... Eu só... — O príncipe não sabia o que dizer. O homem mais velho o empurrou para o lado e passou um braço em torno de Bela. — Ela está bem? — terminou o príncipe, sentindo-se impotente. Ela evidentemente não estava bem. Não apenas estava apresentando sintomas físicos estranhos, mas algo estava acontecendo com seus cabelos. As duas faixas louras na frente estavam escurecendo, e o resto, de algum modo, estava clareando.

— Vou cuidar dela. — O primeiro-ministro cobriu a visão do príncipe. — Volte para seus aposentos. Fique lá. — Ele falou com autoridade. Suas palavras romperam o estado de choque do príncipe. O único homem que jamais falara desse modo com o príncipe fora seu pai. — Não saia de lá até que eu permita. Você me entendeu?

— O que está acontecendo? — perguntou o príncipe. Ele estava se sentindo novamente como uma criança.

— A fera está chegando — disse o primeiro-ministro em voz baixa. — Agora vá.

O príncipe obedeceu.

CAPÍTULO 8

"Algum tipo de mágica terrível..."

Deixaram o soldado onde ele caiu, com a garganta cortada e os olhos chocados e surpresos encarando para sempre o céu que começava a ficar cinzento, e apertaram o passo. Talvez o homem estivesse mentindo sobre outros soldados por perto, mas o dia estava quase amanhecendo e logo a cidade ia ganhar vida outra vez. Não ia demorar muito para descobrirem o corpo.

O lobo se acalmou logo após o rápido ataque, parou junto do homem morto e soltou um uivo longo e pesaroso antes de andar em silêncio até ficar ao lado de Rumpelstiltskin, com os olhos fixos em Petra. O homem acariciou a cabeça da besta feroz e em seguida conduziu o pequeno grupo para fora dali. A garota não tirava os olhos do lobo, impressionada, e o caçador agarrava seu braço e a arrastava junto. Eles agora não tinham opção. Ele não podia enfrentar o lobo enorme, nem queria isso. Havia algo quase nobre em sua graça e ferocidade. Será que Rumpelstiltskin o havia domado? Não importava. O lobo salvara Petra, e ele confiava mais em animais do que em homens. Aonde fosse o lobo, ele o seguiria.

Rumpelstiltskin os levou até um grande carvalho e se agachou para abrir uma portinha de madeira escondida por baixo do capim e das folhas.

— Entrem — sussurrou com urgência. O lobo foi o primeiro a entrar no buraco negro, e os outros o seguiram. Apenas quando estavam fechados dentro da terra úmida, Rumpelstiltskin pegou uma tocha num suporte na parede e a acendeu. À frente deles havia um túnel baixo com vigas de madeira aqui e ali para escorar o teto. Não pareceu lá muito seguro para o caçador, mas ele foi atrás assim mesmo, segurando Petra pela mão na escuridão.

Eles caminharam, tão abaixados que talvez fosse melhor rastejar, por vários minutos, até que o túnel se abriu em uma caverna construída pelo homem com uma porta na extremidade oposta e uma pequena abertura no teto que deixava entrar uma nesga de luz natural da superfície vários metros acima deles.

Rumpelstiltskin tinha claramente tentado transformar aquilo em sua casa, e, além de duas camas e pilhas de livros, havia uma mesa com uma jarra de vinho, algum pão fresco, queijo e um pernil de porco assado.

— Se estiverem com fome, peguem alguma coisa — murmurou, enquanto tirava alguns papéis de uma cadeira para que Petra, ainda sem fôlego por causa do peso do lobo, pudesse se sentar. A chegada do lobo e sua fuga subsequente o haviam acalmado.

— Você cavou este lugar? Sozinho? — perguntou Petra, apertando de leve um pedaço de pano sobre o corte no pescoço a fim de parar o sangramento.

— Tivemos quase cem anos. — Rumpelstiltskin pôs a mochila no chão e sentou-se na cama. — Relativamente, não demorou muito.

— Nós? — perguntou o caçador, então, assim que o primeiro raio de luz do sol penetrou pelo orifício no teto, o lobo começou a mudar.

Seu pelo brilhou com mil cores e os olhos amarelos se arregalaram enquanto ele gemia. Miríades de luzes saíam de seu corpo e giraram ao seu redor num rodamoinho até brilharem tanto que o caçador teve de fechar os olhos. A grande claridade o fez até apertar os olhos. A fera soltou um arremedo de uivo e depois ficou em silêncio.

Quando o caçador arriscou olhar de novo, o local tinha voltado ao normal. As luzes tinham desaparecido. E o lobo também. Em seu lugar havia um homem deitado no chão. Ele tossiu duas vezes e então tentou se sentar.

— Isso nunca fica mais fácil — resmungou e se sentou ereto, tirando o pó da camisa branca e do casaco preto. Seus cabelos eram louros escuros e fartos, e os olhos eram verdes com manchas amarelas.

— Você é um homem — disse baixo Petra. Ela não tirava os olhos dele. — Eu sabia que você não era apenas um lobo. Eu sabia. Todas aquelas vezes que ouvi do outro lado da parede da floresta, era você. — Sorriu, e o homem também, e o caçador sentiu a magia entre eles. Ela zunia no ambiente com mais força do que a das luzes cintilantes haviam brilhado.

— Você é a garota que uiva de volta. — Os dois olharam um para o outro com o tipo de reconhecimento que apenas dois desconhecidos destinados a ficar juntos podem compartilhar.

— Você salvou minha vida — disse Petra.

O homem balançou a cabeça, mas cerrou os dentes de vergonha por seu feito.

— Sinto muito por tê-lo matado — disse. — As coisas são diferentes quando viro lobo. Não há uma área intermediária. Eu ajo por instinto.

— Não sinto muito por você tê-lo matado — disse Petra. Afinal de contas, aquele soldado ia nos matar. — Seu rosto pequeno e delicado brilhou um pouco e ela tremeu.

— Então, vocês são bem-vindos. — Rumpelstiltskin tinha servido água para o homem, que bebeu e em seguida ficou de pé. Ele fez uma reverência para Petra.

— Meu nome é Toby.

— Você também ficou acordado esse tempo todo? — perguntou o caçador.

— Fiquei. — Fui amaldiçoado. Havia uma bruxa na cidade, uma mulher mais velha, e ela se apaixonou por mim. Era uma mulher bonita, famosa pelos sapatinhos de diamante que haviam encantado muitos homens antes de mim para a sua cama, e me perseguia insistentemente. Contudo, não a amava, e ela não encarou bem minha rejeição. Certa noite, essa bruxa me viu com uma dama da corte, e foi tomada por ciúmes e me amaldiçoou. Toda lua cheia eu ia me transformar em lobo. Na primeira vez, minha família ficou horrorizada. Espalharam-se rumores de um homem-lobo, e eu fui caçado. Mantive-me na floresta e só vinha à cidade escondido em busca de comida e bebida. Foi numa dessas viagens que a floresta formou o muro às minhas costas e a cidade adormeceu. Imagino que, como já estava amaldiçoado, a segunda maldição não me atingiu.

— Ela estava dormindo? — perguntou Petra. — Está acordada agora?

— Não. Fui até a casa dela. Estava morta na cama. Assassinada. Queria saber se ela atraiu para sua cama um homem com uma mulher com mais ciúme que medo. — Toby deu de ombros. — A cidade vai ficar melhor sem ela. Essa bruxa pediu por esse destino.

— E sou eternamente grato por isso, apesar de você ter ficado aprisionado nesse período de tempo comigo. — Rumpelstiltskin apertou o ombro de Toby. — Eu teria ficado louco sem você.

— Por que não dormiu? — Petra perguntou ao homem de idade.

— Eu sou o responsável pela maldição. A magia não afeta quem a provoca. O tempo congelou para mim, mas eu não dormi. — Ele se serviu de vinho, e o caçador percebeu que as mãos dele tremiam. Tinham sido cem longos anos. Por que, então, ele mesmo fizera aquilo? Aquele senhor parecia inofensivo, a menos que alguma maldade natural lhe tivesse sido extirpada ao longo do século. Era improvável. A maldade crescia com a amargura, e cem anos de solidão deixariam qualquer homem amargo.

— Você amaldiçoou a irmã errada? — perguntou ele. — Com certeza você não queria atacar Bela.

— A irmã errada? — O homem deu um sorriso melancólico. — Era fácil demais para as pessoas acreditarem nessa história. Os dias escuros. A segunda irmã. A gêmea má. Uma morena com mechas louras, uma loura com mechas negras. Uma muito boa, gentil e pura; a outra, má, perversa e com a magia da mãe.

Em algum ponto no alto, o brilho de um raio azul atravessou o céu e iluminou a caverna, e um trovão ribombou com tanta força que fez trepidar o solo em torno deles.

Rumpelstiltskin olhou para o caçador com olhos cansados.

— Só havia uma criança. Eles a chamaram de Bela. E ela era bela, mas era mais que isso. Ela era a Bela *e* a Fera.

O jovem rei e seu povo ficaram de luto por sua bela rainha e devolveram seu corpo às águas de onde viera, mas ainda assim permaneceram amargos, e o rei não culpou os espíritos dos ancestrais dela pela raiva que sentiam. Como era um homem bom e otimista, esperava que um dia, quando sua filha estivesse crescida, todos o perdoariam por seu gesto egoísta de amar a feiticeira das águas e veriam que algo bom podia surgir da união da terra com a magia.

O rei obteve grande conforto na pequena Bela, que era um bebê tranquilo e raramente chorava. Ela sorria e balbuciava nos braços do pai e, apesar de seu coração nunca se curar de verdade, as feridas logo começaram a cicatrizar, e ele derramou seu amor sobre a filhinha, como a esposa morta desejaria que fizesse.

Todo o reino amava Bela. Era impossível não adorá-la. Até o coração dos ministros velhos e cínicos se enternecia ao vê-la. Ela exalava bondade por todos os poros e amava todos eles de volta. Amar era sua natureza. Em seu aniversário de 4 anos, houve uma festa e toda a cidade comemorou. A menina foi coberta de presentes, dados não por segundas intenções políticas, o que era tão normal com crianças da família real, mas de coração. Ela ganhou tantos que insistiu em dividi-los com as crianças mais pobres da cidade, e isso só fez com que as pessoas a amassem ainda mais.

O único presente que ela não deu foi o que fez seus olhos brilharem mais do que qualquer outro: um gatinho preto e branco, que batizou de Dominó, um presente do melhor amigo e conselheiro de seu pai, Rumpelstiltskin. Dominó era igualzinho a ela, disse a garota, seus cabelos eram negros com algumas partes claras também. Bela sorriu e o pegou no colo, e tudo estava bem.

Bela amava Dominó, e o gato a amava também. Diferentemente da maioria dos felinos, ele não ansiava por independência, mas, como um cachorrinho, ele a seguia aonde quer que fosse e dormia aninhado em seu travesseiro. Algumas pessoas diziam, ou sussurravam, que era porque Bela tinha sangue de bruxa e todas as bruxas tinham jeito com animais, mas, mesmo quem achava estranho o comportamento do gatinho, não podia pensar mal da princesinha que estava sempre tão cheia de bondade e amor.

Dominó morreu três anos mais tarde no primeiro dia escuro. Eles não os chamavam de dias escuros na época, e ninguém tinha ideia de quanto se tornariam escuros ainda. Foi a primeira vez que Bela se transformou. Não houve um gatilho para isso. Talvez se a mãe ainda estivesse viva, soubesse o que fazer com a filha para que melhorasse. No entanto, a feiticeira das águas estava morta, e a princesa meio-sangue, sozinha no mundo dos homens.

Era um dia perfeito. A princesa tinha terminado suas lições de música e dança e havia voltado a seus aposentos para brincar. Felizmente os criados tinham sido dispensados e ela estava sozinha.

Foram o rei e Rumpelstiltskin que a encontraram, e por algum tempo foi um segredo apenas deles. Tinham planejado levar Bela para cavalgar, mas o dia claro de verão repentinamente ficou nublado e começou a chover. O rei, talvez por causa da perda da esposa amada, era cheio de cuidados com a saúde de Bela e resolveu que, em vez disso, ficariam no castelo para jogar cartas. Os dois homens estavam rindo juntos quando abriram a porta do quarto.

O riso cessou imediatamente.

A única coisa que o rei conseguia ver era sangue.

No início, ele achou que era sangue da garota e correu em pânico em sua direção, mandando que Rumpelstiltskin chamasse os médicos. Mas, então, ao se aproximar, viu as tesouras de costura ensanguentadas e os olhos vítreos de Dominó imóveis na massa disforme no colo de Bela.

— O pelo dele não mudava — disse Bela, com a voz dura e irritada. — A pele dele não mudava. E ele me arranhou. — Ela estava indignada, e seu rosto

normalmente bonito estava tão contorcido que ficara feio. — Ele me arranhou.

— O que você fez, Bela? — perguntou o rei horrorizado, sem conseguir absorver o que estava tão nitidamente à sua frente. Ele se abaixou e pegou o corpo destroçado e sem vida do gatinho adorado das mãos dela.

— Olhe para os cabelos dela — disse Rumpelstiltskin, após fechar e trancar a porta para evitar que algum criado, ao passar, visse a cena terrível lá dentro. — O que aconteceu com os cabelos dela?

— Os cabelos dele não combinavam com os meus — murmurou Bela, apesar de agora soar um pouco confusa. Com os dedos ensanguentados, ela puxava os próprios cachos. — Ele não ia mudar. Por que ele não mudava? Por que ele me arranhou?

Os cabelos dela, que normalmente eram negros com duas faixas louras da cor dos cabelos da mãe, tinha se invertido, deixando sua cabeça de um louro frio com uma faixa negra como a meia-noite de cada lado de seu rostinho de anjo.

— Isso não está certo — disse Rumpelstiltskin, pegando uma toalha e embrulhando nela o gato morto. — Essa não é nossa Bela. — Uma vez que ela era mais que a filha do rei, era amada por todos. — Será que isso é algum tipo de feitiçaria terrível?

— Papai? — Bela, agora, estava franzindo o cenho e olhando para cima. — Papai, o que o senhor está fazendo aqui?

Os cabelos dela começaram a mudar de novo, voltando ao estado natural, as duas cores opostas se transformando uma na outra, e pela janela o primeiro raio de sol penetrou através da chuva. O clima estava mudando com ela.

O rei começou a limpar a filha e a levou até o banheiro.

— Livre-se desse gato — resmungou. — Onde ninguém possa encontrá-lo.

Rumpelstiltskin obedeceu. Havia vários lugares onde podia jogar o animal apunhalado e meio esfolado, mas encontrou um local tranquilo no pomar e enterrou Dominó. Ele tinha sido um bom gato e tinha amado muito a princesa, Rumpelstiltskin, um homem bom e pai de uma menina também, sentia-se responsável pelo destino do animal. Não era nada demais trabalhar um pouquinho por ele. Fazer uma cova da qual as raposas não pudessem desenterrar seu cadáver durante a noite.

Quando voltou aos aposentos da princesa, ela tinha se lavado e trocado de roupa, e estava sentada na cama jogando cartas com o rei. A garota ergueu os olhos e sorriu, novamente toda luz e sorrisos.

— Você viu Dominó? — ela perguntou. — Não sei aonde ele foi.

De onde estava parado na porta, Rumpelstiltskin percebeu que o rei tinha enrolado o tapete ensanguentado de qualquer jeito e o empurrado para baixo da cama.

— Provavelmente está nas cozinhas — disse o rei. O rosto dele era a própria imagem da normalidade forçada, com o sorriso amplo esticado no rosto como numa moldura. — Talvez quisesse um pouco de leite.

— Deve ser isso — disse Bela, mas Rumpelstiltskin notou a preocupação em seu lindo rostinho pelo bichinho desaparecido. — Só queria saber onde ele estava. Não me lembro de tê-lo visto sair.

— Ele vai voltar — disse com animação Rumpelstiltskin, sentando-se na cama. — Tenho certeza. — Por dentro, sentia que uma pequena parte dele morria com a mentira, a primeira das quais, temia, seriam muitas, muitas mentiras, e a vida no castelo mudou a partir daquele dia. Claro que a mudança nela tinha sido mágica. Contudo, era uma magia que estava dentro da princesa. Não tinha nada a ver com a feiticeira e sua história dos fusos. Bela estava amaldiçoada por dentro.

Bela passou semanas inconsolável porque Dominó, que apodrecia no pomar, não voltava para ela. Todos procuraram pelo gatinho, mas, é claro, não foi encontrado, e, apesar de sentir muito a sua falta, Bela tinha o poder de recuperação das crianças, e sua natureza era muito alegre para deixá-la aferrada à tristeza. Com o tempo, a princesa parou de perguntar pelo animal, e a vida voltou ao normal.

O rei e Rumpelstiltskin continuaram atentos e permaneciam perto da princesa o máximo que podiam para tentar perceber sinais da mudança. Os eventos no início eram tão raros que, por alguns anos, não causaram muita consternação. Os dois homens apenas levavam a garota e a trancavam em seus aposentos até que o céu lá fora clareasse, parasse de chover e eles soubessem que sua boa garotinha tinha voltado para eles.

Escolhiam suas criadas com cuidado, mas, mesmo assim, após algum tempo, começaram a correr rumores de que havia outra criança no castelo, uma menina loura impressionantemente parecida com Bela, mas que era má e mal-humorada.

Como era um homem sábio e ciente de que uma porta havia sido aberta no interior de Bela, e permaneceria assim, Rumpelstiltskin não tentou abafar os rumores. Em vez disso, pôs mais um boato em circulação: que o rei e a rainha haviam tido dois bebês. Gêmeas. No entanto, a segunda menina era uma criança difícil que necessitava de cuidados especiais, e o rei decidira, para o próprio bem da menina, mantê-la longe dos olhos do mundo, o que fazia parte de ser da família real. Quando o boato foi sussurrado de volta para ele, soube que tinha sido bem-sucedido. Se algo inapropriado fosse notado, Bela não seria culpada, e isso era tudo o que importava.

O rei esperava que, conforme crescesse, as mudanças de Bela se tornassem menos frequentes, mas isso não aconteceu. A princesa chegou tarde à puberdade, mas, assim que despertou, com muito sangue, logo depois de seu 15º aniversário, a situação piorou.

As mudanças se tornaram mais frequentes. E, quando a outra garota estava no comando, tinha toda a magia reprimida da mãe na ponta dos dedos. Não era mais possível trancá-la em um quarto até que o momento passasse, e, em vez de simples nuvens de trovões no céu, raios azuis caíam sobre a cidade, e a chuva enchia e lavava as ruas. Era selvagem, essa garota loura que corria, rindo e dançando alucinadamente pelos corredores do castelo, derrubando bandejas de comida das mãos dos criados.

Ela quase matou a chicotadas o garoto que trabalhava nos estábulos por não lustrar sua sela bem o bastante, e o rei a flagrou seminua com um de seus ministros.

O homem foi para as masmorras por isso.

Foi um erro.

A princesa foi atrás. Não para salvá-lo, mas para ver sua punição.

Ela gostou do sangue.

Rumpelstiltskin a viu uma vez no pátio do açougueiro nos fundos do castelo com as mãos enfiadas nas entranhas quentes de um veado recém-abatido. Seus olhos estavam vidrados, e quando ele a puxou dali, Bela lambeu os dedos. Ele não contou isso ao rei. Sua preciosa Bela, temia Rumpelstiltskin, também era um monstro.

As transformações não duravam muito, um dia ou dois no máximo, mas era impossível escondê-las.

Rumpelstiltskin mudou o boato dizendo que Bela insistia para que, de vez em quando, a irmã tivesse o controle do castelo nas mãos por alguns dias. Entretanto, mesmo que algumas pessoas no reino acreditassem nisso, o rei não podia mais esconder o segredo de seus ministros. No entanto, não havia outro herdeiro, e com toda a selvageria e os traços de crueldade, a Fera, como era chamada, ainda amava o pai e era carinhosa com ele e Rumpelstiltskin como se Bela, trancada dentro dela, tivesse esse controle sobre as duas.

O rei mandou instalar um sino no alto do telhado do castelo e enviou proclames por todo o reino avisando que, quando tocasse, todas as pessoas deviam ir para casa e esperar até que tocasse outra vez. Os pregoeiros reais diziam que isso era para protegê-los do terrível raio azul que caía no solo e das enchentes perigosas durante aqueles momentos. Mesmo que fosse da natureza das pessoas obedecer nesses casos, rumores ainda eram rumores, e havia histórias de um monstro no castelo e de feitiçaria envolvida.

Por algum tempo funcionou. Vários anos se passaram, e o reino e o castelo se acostumaram à nova rotina. Bela se transformou numa jovem muito bonita de quem seu pai podia se orgulhar, e todo mundo continuava a amá-la. Ela ainda era boa e prestativa e cheia de alegria. Muitos rapazes vinham cortejá-la. Um a beijou e se apaixonou de tal forma que, quando ela disse ao pai que não o amava, o moço se enforcou.

Quando um segundo também a beijou e se apaixonou completamente, apesar das consequências menos desastrosas da rejeição, Rumpelstiltskin e o primeiro-ministro falaram novamente sobre a magia com o rei. A magia da mãe não estava apenas no interior da Fera. Seus beijos enfeitiçavam os homens, e talvez, apesar de sua beleza e doçura inegáveis, houvesse um pouco de magia envolvida no amor incondicional que os homens que a conheciam sentiam.

Eles decidiram que isso era algo bom, pois a protegeria de qualquer homem que quisesse lhe fazer mal por causa da Fera. Então, o rei começou a circular pela cidade com a filha para garantir que tivesse o amor de todos os seus súditos. Não havia, ele sempre os lembrava, outro herdeiro para o reino, e o rei sequer pensava na ideia de voltar a se casar. As coisas prosseguiam em sua estranha nova normalidade.

Contudo, como acontece toda vez que fingimos que uma situação não é ruim, para todo homem ou mulher chega um momento em que não dá mais.

Para Rumpelstiltskin foi o envenenamento do rei.

Havia algum tempo, o rei andava cada vez mais doente. No início, as mudanças não eram perceptíveis; só um ou dois dias se sentindo mal, com um cansaço generalizado, uma relutância para cavalgar. Esses sintomas vinham e passavam, e nenhum dos ministros dava atenção a eles. Ele começou a emagrecer. Rumpelstiltskin e o primeiro-ministro perceberam que a

Fera, quando estava no controle, era mais afetuosa com o pai, e isso deixou os dois desconfiados. Eles a mantiveram longe das cozinhas onde a comida dele era preparada, e a Fera era seguida todo o tempo para garantir que não passasse perto de seu vinho nem de sua água.

Eles nada viram de suspeito. Talvez o rei só estivesse passando por uma fase de saúde fraca.

Era um dia de verão quando Rumpelstiltskin encontrou Bela no pomar colhendo maçãs. Ele não olhou para o trecho pisado de terra ali perto onde estava enterrado seu companheiro de infância esquecido. A garota sorriu quando ele perguntou por que precisava de tantas frutas, e disse que estava preparando tortas de maçã para o pai havia semanas. Ele gostava delas, e isso a deixava contente. Seus olhos estavam límpidos, e seu rosto brilhava. Ela era inocente. Era bondosa.

Rumpelstiltskin estava desconfiado. Pois se Bela permanecia escondida no interior para proteger o pai e Rumpelstiltskin quando a Fera estava no controle, a lógica dizia que, da mesma forma, a Fera podia se esconder dentro de Bela.

Ele a observou das sombras além da porta da cozinha enquanto preparava as tortas. Bela cantava com voz doce para si mesma enquanto descascava e tirava o miolo das frutas maduras e preparava a massa. Ele se repreendeu por seus pensamentos maldosos. Não havia nada de errado ali, ela ainda era totalmente Bela.

Contudo, permaneceu perto da cozinha, pois era um homem cuidadoso e amava Bela e seu melhor amigo, o rei.

Quando as tortas estavam prontas para ir ao forno, com o rosto de Bela coberto de uma poeira calorosa de farinha e açúcar, uma nuvem negra passou pelo céu, e a cozinha escureceu. Bela franziu o cenho, subitamente confusa. Havia aberto as portas pesadas do forno e estava com o tabuleiro na mão, mas parou, fez a volta, foi até a bancada e o pôs ali. Seus olhos estavam vítreos e perdidos quando tirou do bolso um vidrinho com um líquido e derramou uma gotinha brilhante em cada torta. Quando o vidrinho tinha sumido de vista outra vez, ela pegou novamente o tabuleiro.

A nuvem passou e a vida voltou a Bela, que recomeçou a cantarolar, fechou a porta do forno e deixou as tortas assando. A garota sorriu, contente com seu trabalho.

Rumpelstiltskin saiu de onde estava em silêncio, tremendo de horror ao ter os seus piores temores confirmados. Ele não culpou Bela. Ela não sabia o que tinha feito. Mesmo assim, havia perigo ali. Quando crescesse mais, quem venceria a batalha? A Bela ou a Fera? Ele não podia tomar conta dela para sempre. Um dia não ia conseguir detê-la.

Várias fornadas de tortas de maçã foram feitas para que o rei pudesse comer na frente da filha e fazê-la feliz sem ser envenenado. E quando o sino tornasse a tocar e a Fera surgisse, ele caminharia um pouco curvado e fingiria alguma doença.

Todavia, o rei estava preocupado. Ele tinha se tornado um rei sábio e sabia que, acima de tudo, sua lealdade devia estar com seu povo. Houve longas conversas noite adentro sobre o que devia ser feito. A Fera ficava mais selvagem e incontrolável, e suas visitas mais frequentes. O rei sabia que ela ia às masmorras e ordenava punições terríveis aos seus prisioneiros, então subornava os guardas para não falar no assunto. Ninguém discutia com ela. Bastou punir um guarda para mostrar aos outros que era melhor não discordar. Afinal de contas, a Fera tinha magia. Pior, havia vários entre os nobres, percebia Rumpelstiltskin, que quase admiravam sua natureza impiedosa e levavam filhos e filhas para lhe fazer companhia e cobiçavam seus favores. Como a própria Bela era dividida, ela também estava dividindo as pessoas ao seu redor. O bom e o mau dentro delas se tornaram mais pronunciados, e surgiram facções na corte, onde antes havia apenas harmonia.

O rei amava Bela, mas não conseguia amar a Fera. Chorava pela feiticeira das águas e pelo que o seu amor, que nunca deveria ter existido, havia gerado. Quando suas lágrimas estavam secas, convocou Rumpelstiltskin, seu amigo de maior confiança, e lhe pediu para procurar a bruxa na torre e lhe implorar que ajudasse Bela. Talvez a magia pudesse combater a magia negra no interior de sua filha, talvez a bruxa tivesse poderes para garantir que as forças do mal acabassem. Ele disse a Rumpelstiltskin para dar a ela o que quer que pedisse em pagamento se encontrasse uma maneira de libertar a filha da maldição de sua natureza.

Era final de verão quando Rumpelstiltskin partiu levando a própria filha junto. Ela não se sentia à vontade com a vida na corte e, apesar de ter sido amiga de Bela quando era pequena, depois da morte de Dominó Rumpelstiltskin aos poucos a afastou da companhia da princesa e a mandou para uma escola do outro lado da cidade. Agora que ela havia crescido e ficava deslocada em meio à confiança afetada dos nobres, e seu pai temia que isso a marcasse como vítima para a Fera enquanto estivesse longe, uma vez que ela sentia grande prazer em provocar as pessoas que percebia ser fracas.

Foi uma viagem longa até a torre branca que se erguia acima das árvores ao longe e que já tinha vivido suas próprias aventuras. Conforme se aproximavam, tanto Rumpelstiltskin quanto a filha se impressionavam com a altura da construção. Eles podiam ver apenas duas janelas, uma a meio caminho do topo e uma bem longe, quase lá no alto, que, sem dúvida, devia sumir de vista nos dias nublados de inverno.

Não se via porta, e depois de explorar o perímetro e não descobrir como entrar, Rumpelstiltskin gritou na direção da janela na esperança de que a bruxa o ouvisse e descesse. Gritou até ficar rouco, mas não houve resposta. Começou a pensar que aquilo era uma busca infrutífera, pois a bruxa ou tinha partido ou estava morta havia muito tempo dentro daquelas paredes impenetráveis. Sentou-se numa pedra, pronto para desistir, e então a filha gritou por ele, implorando que a bruxa demonstrasse alguma piedade e ouvisse seu pedido.

Uma porta, anteriormente invisível, abriu-se na parede curva e lisa. A bruxa sorriu e os convidou a entrar. Rumpelstiltskin não sabia ao certo o que esperava, ela, porém, não tinha mudado, uma mulher comum de meia-idade. Enquanto a seguiam pelas escadas em espiral no interior, entretanto, ele captava vislumbres de artefatos e objetos que tinham centenas de anos. Ela percebeu o olhar dele e sorriu.

— Os anos de uma bruxa são diferentes dos anos de um homem. Eu já parei de contar.

Ela lhes ofereceu uma sopa reforçada, acomodou a filha de Rumpelstiltskin num sofá macio para dormir, e então ouviu sua história da Bela e da Fera. Depois disso, a bruxa ficou pensativa. Não tinha saído para o mundo desde que o rei a convocara, antes do nascimento de Bela, e, depois de ouvir sua história, ficou contente.

— A filha de uma feiticeira das águas — pensou ela. — Só devia ter nascido em um leito de água. Isso é um problema que qualquer um podia esperar.

Ela se sentou perto do fogo durante algum tempo e observou a filha de Rumpelstiltskin dormir, como se a imagem lhe trouxesse alguma clareza ou paz, então tomou sua decisão.

— A senhora pode ajudar? — perguntou Rumpelstiltskin. — Temo por nossa terra se a Fera não puder ser controlada.

— Venha comigo — disse-lhe a bruxa. — Os dois subiram mais dois lances de escadas até chegarem a uma sala com várias trancas.

— Tenho uma coisa para você.

Lá dentro estava cheio de rocas e fusos de formas e tamanhos diferentes, e os olhos de Rumpelstiltskin se arregalaram.

— Fusos. É a maldição de Bela.

A bruxa sorriu.

— Cada um desses é enfeitiçado, abençoado ou amaldiçoado, dependendo de como são usados. — Ela caminhou entre eles com os dedos acariciando com ternura a madeira de cada um até que a mão parou num deles. — Não posso mudar a natureza dela — disse por fim. — Ela é quem é, e não há mágica forte o bastante para mudar isso. Mas posso salvar seu reino de sua tirania inevitável.

Rumpelstiltskin olhou fixamente para a senhora.

— Como? — perguntou, com a boca seca. Ele sabia a resposta antes que ela falasse, e seu coração estava pesado com a decisão que teria de tomar.

— Posso lhe dar algo que vai matá-la, se achar que esse é seu único recurso. — Ela se virou para Rumpelstiltskin e, à luz de velas, ele teve certeza de ver centenas de anos de vida em seus olhos e um coração morto

batendo em seu peito. Nada de bom vinha da magia, gritava sua consciência, e ele tremia um pouco. Ela parecia tão comum, mas na alma era uma bruxa má. Nada de bom podia vir de uma bruxa má. — Este — disse ela, e ergueu um de seus fusos preciosos.

— Como funciona? — perguntou ele após engolir em seco. Desde Dominó, ele sabia que um dia teria de tomar uma decisão sobre Bela. E em algum lugar de sua alma, e em seu amor pelo rei, sabia que seria sua a decisão. — Vai ser indolor? — Fez uma pausa. — Todos nós a amamos, sabe? — Ele se perguntou se estava justificando seus atos para ele ou para ela. — Tomara que nunca precise usá-lo.

— Vou precisar que me devolva — ela disse. — Especialmente se decidir pela necessidade de uma ação menos extrema. — Ela pegou o fuso com cuidado e o entregou a ele. — Um furo em seu dedo, e ela morre — disse com a voz sem nenhuma emoção. — E será indolor. Como adormecer. — Ela sorriu com isso.

— Então é veneno — disse Rumpelstiltskin.

— Ela vai sangrar até a morte — respondeu a bruxa. — Mas garanto que não vai sentir nada.

As mãos dele tremiam quando ele pegou o fuso.

— Preciso tomar cuidado para eu não me espetar no caminho de volta.

— Eu lhe dei esse feitiço — disse ela. — Ele não pode afetá-lo. Uma maldição não pode atingir aquele que amaldiçoa.

— E o que você quer em troca? — perguntou ele.

— Você vai deixar sua filha aqui até devolver meu fuso — disse calmamente.

Rumpelstiltskin sentiu como se tivessem lhe sugado todo o ar dos pulmões. Sua filha? Sua única filha!

A bruxa deu um aperto na mão dele. Ele se surpreendeu com o calor dos dedos dela. Ele esperava a sensação do toque de algo morto.

— Ela não vai sentir falta de nada, e vou lhe ensinar muitas coisas. Ela vai ser feliz aqui, e eu sou solitária. Sou solitária há muito, muito tempo. — Sorriu de novo. Seus lábios eram finos. — E quando voltar, poderá levá-la se quiser. Isso eu prometo — A bruxa deu de ombros. — Talvez ela também fique mais segura aqui. Há tempos perigosos vindo por aí.

Rumpelstiltskin sentiu o peso de toda a responsabilidade que tinha com o reino cair sobre os ombros, e seu coração ficou pesado. Ele não tinha escolha.

— Eu vou voltar para buscá-la — disse.

— Tenho certeza de que vai — respondeu a bruxa.

Ele não esperou que a filha despertasse porque não teria forças para se despedir, mas lhe deixou uma carta na qual dizia que a amava muito e que retornaria logo para levá-la para casa. Beijou sua testa e deixou a filha querida, Rapunzel, ali onde dormia.

Quando chegou de volta ao reino, dois meses tinham se passado e muitas coisas já haviam mudado. O rei havia morrido, vítima de um acidente quando montava junto com a princesa, apenas um dia após a partida de Rumpelstiltskin. Enquanto Bela chorava a morte do pai, a Fera desfrutava de seus novos poderes. Ela dava bailes de máscaras para as jovens e loucas figuras da cidade e obtinha seus prazeres bizarros não apenas de seus corpos, mas também torturando os infelizes o suficiente para estarem nas masmorras. Se lá não houvesse prisioneiros, ela mandava trazê-los, inocentes escolhidos aleatoriamente para alimentar sua sede de sangue. Em seguida, sabendo que não voltariam, suas casas eram destruídas e saqueadas pelos soldados.

Ela redecorou o terceiro salão de bailes de acordo com seus gostos pessoais: uma mistura decadente de vermelho, preto e dourado, e lá tocava música por muito tempo e bem alto enquanto os jovens dançavam e desfrutavam uns dos outros, e para onde meninas da leiteria eram levadas e de onde nunca saíam vivas.

Os ministros mantinham esses segredos e governavam o reino em torno dela da melhor maneira possível, até que o sino tocou mais uma vez e puderam dar um suspiro coletivo de alívio. Ninguém a desafiou porque a magia de sua mãe estava na ponta de seus dedos, e eles tinham visto os corpos irreconhecíveis que deixavam as masmorras. Eles seguiam o próprio conselho e se arrastavam pelo castelo tentando parecer invisíveis enquanto faziam exatamente o que lhes mandava fazer. Com a morte do rei e a viagem de Rumpelstiltskin, só o primeiro-ministro tinha o verdadeiro afeto da rainha, assim o problema da Fera ficou em suas mãos.

A situação não podia continuar daquele jeito, pensou Rumpelstiltskin, enquanto segurava a mão de Bela ao lado do túmulo do pai e chorava com ela pelo seu melhor amigo. Simplesmente não podia continuar.

Murmúrios de assassinatos e torturas, de festas loucas e parricídio; isso em apenas dois meses do novo reinado, e as coisas só iam piorar. Bela era doce e boa, mas Fera era mais forte, ele tinha certeza disso. Rumpelstiltskin não tinha dúvidas de que Bela tinha matado o rei sem saber. O apavorado garoto que trabalhava no estábulo lhe disse que os arreios da sela do rei tinham sido quase inteiramente cortados e que fora a própria princesa quem preparara o cavalo para ele. Quem seria o próximo? Os amigos de seu pai?

Ele ficou sentado até tarde da noite, girando o fuso nas mãos. Uma espetada, dissera a bruxa, e tudo estaria resolvido. Ele desejou poder fazê-lo enquanto estivesse transformada em Fera. De algum modo pareceria mais fácil. Contudo, a Fera raramente dormia, e sua magia iria protegê-la do perigo. Ele tinha de matar Bela.

Rumpelstiltskin foi até os aposentos dela na tarde seguinte. Era um belo dia. A cidade estava cheia de vida. Havia uma rosa, a flor favorita de Bela, num copo sobre o batente da janela. Ela estava sentada na beira da cama e riu satisfeita quando estendeu a mão para pegar o fuso, feliz porque ele lembrara de lhe trazer um presente de suas viagens, especialmente algo que nunca tinha visto antes, e, naquele momento alegre, ele viu seu dedo delicado tocar o fuso.

Estava feito.

Os olhos dela se arregalaram por um brevíssimo instante e então o fuso escorregou de suas mãos para o chão, e ela caiu de costas na cama. Rumpelstiltskin se levantou e chorou, implorando em silêncio pelo perdão da princesa, pelo que pareceu uma eternidade, antes de arrumá-la na cama. Estava tão absorto em seu pesar que nem percebeu o repentino silêncio antinatural ao seu redor.

Entretanto, notou que a princesa, com um braço caído para o lado da cama, de onde caía sobre o chão uma pequena gota de sangue da ponta de seu dedo, ainda respirava.

Não fazia sentido. A princípio, não. Não até que ele saiu, foi até a beira da floresta e viu a parede que se erguera ali. E, mesmo então, ele levou semanas, talvez até meses, para entender completamente a terrível verdade.

— A bruxa mentiu — disse Petra em voz baixa.

— Ah, não. — Sacudiu a cabeça Rumpelstiltskin. — Bruxas nunca mentem. Elas falam em enigmas. A rainha *ia* morrer. Ia sangrar até morrer, e seria uma morte indolor. Entretanto, sangraria até a morte uma gota de cada vez. — Ele estremeceu e tomou um gole de seu vinho. — Antes do nascimento de Bela, a bruxa disse ao rei que um fuso colocaria sua filha para dormir por cem anos. Sua profecia não foi destruída pelos meus feitos. Eu trouxe o fuso. Eu a botei para dormir quando a matei. Ela ia dormir pelos cem anos que levaria para que todo o sangue escorresse de seu corpo e então estaria morta. Cem anos de espera. E nós estávamos tão perto quando você a acordou.

— E sua filha? — perguntou o caçador.

— Está morta há muito tempo. Depois de uma vida abandonada e trancada na torre de uma bruxa.

— Trancada em uma torre — repetiu Petra com olhos nublados, como se estivesse perdida em uma história diferente.

— Então, por que o primeiro-ministro está tão ansioso para que o encontremos e o levemos para ele? O senhor estava fazendo algo que todos eles, sem dúvida, queriam, não?

— Se eu tivesse tido sucesso, é claro. Mas falhei. A rainha está acordada, e há apenas mais uma pessoa que sabe do meu plano e de minha visita à bruxa.

— Ele? — perguntou Petra.

— Exatamente. Se eu for capturado e a Fera me torturar, ele sabe que não terei escolha e direi seu nome. É melhor para todos que ela ache que eu agi sozinho.

— Shhhhh — disse Toby. — O sino está tocando. Um dia escuro chegou.

Rumpelstiltskin olhou para o caçador.

— A Fera despertou.

— Mas e o príncipe? — perguntou Petra. — Ele está com ela.

— Com sorte, o primeiro-ministro vai cuidar dele — murmurou o homem mais velho. — Mas temo que ele esteja prestes a ter um despertar brusco para a realidade de sua doce rainha.

CAPÍTULO 9

"Talvez ele estivesse num sonho..."

O sino tocou em algum lugar no alto do castelo, uma badalada pesada e firme, e, enquanto o príncipe olhava para o teto de seus aposentos, estremeceu de leve e seu coração se acelerou. Qualquer problema que tivesse atingido Bela não havia surpreendido o primeiro-ministro, mas o príncipe também tinha visto que ele estava com medo, e isso, por sua vez, o atemorizara. Ele lamentava muito que o caçador não estivesse ali. Cercado como estava pelo tipo de luxo ao qual estava acostumado, ainda se sentia muito solitário e longe de casa. Ele amava Bela, sabia disso muito bem, mas não era importante ali. O modo como o ministro lhe falara tinha deixado isso muito claro.

Um raio azul brilhou em linhas irregulares atrás das janelas, e no momento seguinte o ribombar poderoso de um trovão sacudiu o céu. Ele teve certeza de que as paredes do castelo tremeram. Estava prestes a ir até a janela olhar quando a porta de seus aposentos se abriu, e o primeiro-ministro entrou carregando uma bandeja de prata.

— Sei que é cedo, mas sua alteza teve uma noite muito longa e pensei que gostaria de comer algo — disse ele tranquilamente enquanto punha a bandeja na mesa junto da parede. — E uma bebida quente para ajudá-lo a dormir. — O sorriso dele estava tenso. — Sinto muito por tê-lo apressado desse jeito, mas nossa amada rainha de vez em quando tem uns ataques. — Ele gesticulou com a cabeça na direção da janela. — Eles vêm com o tempo ruim. — O ministro tinha recuperado a compostura, mas o príncipe se lembrava muito bem da urgência com que ele falara mais cedo, quando insistiu para que saísse. O que estava escondendo? — Ela não está bem ainda hoje, por isso coma agora, e depois durma o máximo que quiser. Use o tempo para se recuperar da longa viagem.

— Eu devia estar a seu lado enquanto ela está doente. Sou seu futuro marido, afinal de contas. É tarefa minha cuidar dela.

— E quando estiverem casados, vai fazer isso. Mas, nessas horas, a rainha precisa de privacidade. Os ataques são traumáticos para ela. E sua alteza pode entender por que ela quer mantê-los em particular, longe de seus olhos nesse estágio inicial. Ela é jovem e se envergonha facilmente. Enfim... — Ele juntou as mãos à frente e elas se perderam dentro das mangas e dobras de sua túnica. — Assim que este passar, o que, tenho certeza, será rápido, vou lhe ensinar a melhor maneira de lidar com eles. Mas, por enquanto, ela está sendo bem cuidada, por isso coma, beba e durma. Depois vocês têm um casamento para planejar.

Os olhos dele ficaram por um momento longo demais na bandeja, e houve um leve brilho de intensidade, quase oculto pelas sobrancelhas muito grossas do primeiro-ministro, quando ele voltou o olhar para o príncipe.

— É claro — disse o príncipe, com a boca secando. — O senhor tem razão. Eu estava apenas preocupado. — Ele ergueu a taça e fingiu tomar um gole.— Vou vê-la amanhã. Talvez, se ela não estiver bem, seja melhor adiar o casamento por um dia. Vamos planejar juntos para que seja perfeito.

O primeiro-ministro sorriu.

— Isso talvez seja mais inteligente.

O príncipe sentiu o vinho tinto tocar seus lábios, mas se recusou a deixá-lo passar. Por que o primeiro-ministro serviria sua refeição e não mandaria um criado? Ele era um homem orgulhoso. O príncipe conhecera conselheiros e políticos o suficiente para saber que não faziam nada para reduzir sua posição aos olhos dos outros. Talvez o ministro quisesse se certificar de que o príncipe comesse, e isso significava que, provavelmente, tinha colocado um ingrediente extra no caminho entre a cozinha e os quartos. O príncipe era mimado e podia ser egoísta, mas não era burro. Todos os castelos abrigavam homens impiedosos com objetivos pessoais. E se para o primeiro-ministro o casamento de Bela com um futuro rei não fosse de seu interesse? Ela era doce e gentil. O marido podia não ser. Quem, então, exerceria o poder?

Ele olhou para o prato de prata com meia galinha assada coberta de molho ferrugem e cercada de batatas e legumes.

— Parece delicioso. Obrigado mais uma vez. Acho que vou ler um pouco enquanto como. Depois vou dormir, se o senhor acha que é o melhor a fazer. Mas, por favor —, ele sabia que tinha de manter um pouco de sua ansiedade — diga a Bela que eu a amo e que estou pensando nela.

— Eu digo. — Os olhos do primeiro-ministro brilharam, e ele fez uma reverência antes de sair. — E lembre-se de ficar nesses aposentos. Gostamos de manter o castelo bem tranquilo para a rainha quando ela não está bem.

— Obrigado — disse o príncipe. Ele se sentou à mesa, pegou o garfo e a faca e cortou um pedaço da galinha suculenta. O primeiro-ministro fez uma pausa na porta e observou o príncipe colocar a comida na boca, então fechou a porta em silêncio ao sair.

Assim que foi embora, o príncipe cuspiu a carne e correu até a jarra de água para lavar a boca. Pegou o prato e o copo de vinho e foi até a janela. A escuridão lá fora parecia noite, e a tempestade estava devastadora. Assim que soltou o trinco, a vidraça voou para dentro soprada pela ventania que fazia as cortinas ondularem ao seu redor como se de repente tivessem sido encantadas. Apertou os olhos contra a chuva torrencial e congelante que fustigou seu rosto e jogou fora a comida e o vinho, que caíram na rua cinza e escura abaixo enquanto mais linhas azuis riscavam o céu e apunhalavam a cidade. Ele puxou e fechou a janela e botou o prato e a taça vazios de volta no lugar, antes de fechar as cortinas e apagar todas as lamparinas, menos uma.

Havia vários livros antigos numa estante no canto. Ele pegou um, abriu numa página qualquer perto do início e se deitou na cama, botando-o sobre o peito em um ângulo que parecia que ele o havia deixado cair ali. Agora tudo o que tinha de fazer era esperar.

Seu coração batia forte no peito conforme os minutos passavam e o fogo na lareira ia queimando e se extinguindo lentamente. Depois de algum tempo, ele achou que quase tinha se distraído e pegara no sono, mas foi despertado pelo som da chegada de carruagens lá embaixo. Abriu os olhos, e, no lugar onde a luz do dia devia estar penetrando através das brechas nas cortinas, havia uma escuridão estranha, como se a tempestade violenta tivesse criado uma noite artificial. Havia algo que não era natural, e o príncipe estremeceu. Gritinhos de riso chegavam trazidos pelo vento quando as portas das carruagens se fecharam e as pessoas corriam para dentro a fim de se proteger da chuva. O príncipe de repente estava novamente alerta. Quem eram essas pessoas e por que estavam chegando? Na noite anterior houvera um baile formal, e, se a rainha estava doente e o primeiro-ministro insistia em paz e tranquilidade, por que as pessoas iam desobedecê-lo? Então, o que estava realmente acontecendo? Será que ele se aproveitava dos ataques da rainha para dar as próprias festas? Talvez fosse isso.

Quase já não estava mais aguentando ficar deitado imóvel quando ouviu o estalido baixo da porta se abrindo. Forçou o corpo a relaxar e deixou que sua boca ficasse entreaberta, respirando longa e profundamente. Pés caminharam suavemente pelo carpete. As pálpebras do príncipe se moveram, mas ele permaneceu imóvel. Após um instante, os pés foram embora e a porta se fechou com outro estalido.

Com o quarto em silêncio outra vez, o príncipe manteve os olhos fechados por mais vários segundos, temendo que talvez fosse um truque e o ministro ainda o estivesse observando, mas por fim os abriu e soltou um suspiro de alívio por estar sozinho de novo.

De volta à janela, olhou para a tempestade. No pátio abaixo, havia várias carruagens paradas feitas de ouro e prata e cravejadas de joias. Carruagens de nobres, ele tinha certeza disso. Será que o primeiro-ministro estava tentando tomar o trono para si e convocara alguma espécie de reunião enquanto Bela estava doente? A questão era: o que ele podia fazer em relação a isso? O que ele realmente sabia sobre aquele reino?

Ele virou e se olhou no espelho. Era alto, louro e bonito. Tudo o que um príncipe deveria ser. Príncipes também deviam ser corajosos e honrados. Príncipes, lembrou a si mesmo, não ficariam afastados educadamente se achassem que a segurança daquela que amavam estava ameaçada. E se havia algo acima de qualquer dúvida era que amava Bela com cada centímetro de seu corpo. Estar longe dela era uma dor física que quase não conseguia suportar. O príncipe se aprumou e puxou os ombros largos para trás. Na pior das hipóteses, exploraria e veria o que estava acontecendo, e conversaria com ela sobre isso, quando Bela melhorasse. Não era como se o primeiro-ministro pudesse fazer algo contra ele. Estava comprometido com a rainha deles. Logo seria o rei deles e não seria manipulado por velhos, mesmo que sua amada de natureza bondosa o fosse.

Esperou mais trinta minutos antes de sair sorrateiramente pelo corredor silencioso. Ficou perto da parede e seguiu o corredor largo até chegar à escadaria central. Parou e se esforçou para tentar ouvir algo. No início, não escutou nada, mas então teve certeza de captar um levíssimo tilintar de música. Dois ajudantes de cozinha atravessaram o átrio central abaixo com as cabeças juntas e sussurrando, e então sumiram de vista. Em seu rastro, deixaram um aroma de carne assada. Tinham levado comida a algum lugar, mas aonde?

Quando teve certeza de não haver ninguém ali, desceu as escadas rapidamente e seguiu na direção do salão de bailes principal, onde ele e Bela haviam dançado. Abriu uma fresta na porta, mas o espaço do outro lado estava vazio e em silêncio. Ele entrou. A música ali sem dúvida estava mais alta. Atravessou correndo o espaço amplo. Seus passos ecoavam de modo assustador ao redor.

O segundo salão de bailes também estava vazio, e ele franziu o cenho por um instante, até que se lembrou de uma coisa. Havia o terceiro salão de bailes. O salão trancado depois da biblioteca sobre o qual Bela nada sabia. Será que era ali que o ministro recebia seus convidados?

Passou pela biblioteca e chegou à porta do pequeno corredor. Ele a abriu um pouco e enfiou a mão para evitar que o fio da campainha se movesse antes de se apertar e passar o resto de seu corpo. Estava no lugar certo. A música, um pouco dissonante e mais sombria do que todas as canções que ele e Bela tinham dançado, era muito mais alta, e acima das notas podia ouvir um riso de vez em quando.

Com as palmas das mãos suando e o coração acelerado, seguiu em frente furtivamente e se abaixou para tentar ver algo pelo buraco da fechadura, mas não conseguiu uma visão clara do que acontecia lá dentro. Os candelabros forneciam uma luz mortiça, em vez da iluminação reluzente, e ele viu vislumbres das paredes vermelhas e movimento de roupas e corpos. Do outro lado da madeira grossa, uma mulher riu, um som tilintante como de gelo se quebrando.

A curiosidade superou seu medo. Com cuidado, girou a maçaneta e, em silêncio, puxou a porta pesada um centímetro para ver lá dentro. Seus olhos se abriram ainda mais que a porta. Todas as ideias sensatas sumiram de sua cabeça, e por um momento ele ficou olhando fixamente, espantado, para o quadro que se descortinava diante dele.

O local era menor que os outros salões de bailes, e com decoração pesada vermelha e dourada e grossas cortinas negras que cobriam as janelas, ele parecia encolher ainda mais. Um fogo enorme crepitava sobre uma ampla grelha ornamentada, e velas grandes tremeluziam em castiçais nas paredes decorados com gárgulas que projetavam sombras estranhas sobre o chão. De um lado, havia uma mesa comprida com comida: galinhas e coelhos assados, pilhas de frutas e todo tipo de pratos exóticos, mas, em vez de usar pratos e facas, os alimentos tinham sido rasgados com as mãos, e ossos roídos se espalhavam pelo chão ao redor. Havia jarras de prata com vinho por todo lado, e o tapete grosso que cobria quase toda a área central estava manchado de vermelho onde taças tinham sido descuidadamente derrubadas. Mesmo sem as pessoas, era uma visão decadente. Com elas, a cena era de um abandono louco e flagrante. Homens e mulheres em roupas bonitas e caras riam e conversavam em grupos. Alguns comiam ou bebiam, mas todos com uma falta de formalidade incomum a qualquer baile real em que jamais estivera. Todos os convidados usavam máscaras elegantes sobre os olhos; algumas negras, outras enfeitadas com penas, umas com bicos e todas se encaixando bem a seus traços jovens. Ninguém tinha mais de 30 anos, ele estava certo disso, e se por um lado eram todas pessoas bonitas, as sombras negras que projetavam sobre o chão e as paredes vermelhas à luz das velas eram estranhas e góticas. As mulheres flertavam e circulavam com confiança entre os homens. Não havia nenhuma preocupação com cerimônia, elas nem esperavam ser abordadas.

Ainda havia mais. E de onde estava, junto à porta, o príncipe se sentiu ao mesmo tempo excitado e revoltado quando seus olhos se moveram para os outros que estavam perdidos em suas ações, alheios à festa a sua volta.

No canto do palco baixo, três homens vestidos de preto tocavam uma música estranha em violinos. Duas mulheres dançavam à frente deles, mas aquilo não era uma valsa da corte. Elas oscilavam levemente, seus quadris magros giravam um contra o outro enquanto se beijavam, com os olhos semicerrados e perdidas nos prazeres de suas bocas macias. A mais alta das duas, uma morena cujos cabelos caíam soltos e escorridos sobre as costas, passava a mão pelo corpo da parceira, acariciando o espartilho de seu vestido, soltando seu seio e provocando seu mamilo com os dedos antes de baixar a cabeça e passar a língua por ele.

Um pouco mais longe, uma mulher grande estava debruçada sobre uma *chaise-longue* junto da parede. A parte de baixo de seu vestido de baile estava levantada acima de seus quadris, e a pele branca de suas coxas estava visível acima da parte superior de suas meias. Ela gemia enquanto um homem atrás dela agarrava suas nádegas e a penetrava, arfando alto a cada movimento dele e se erguendo para se unir a ele. Depois de um momento, outro homem, com uma máscara dourada sobre o rosto, aproximou-se excitado enquanto jogava o corpo para trás e bebia seu vinho.

Sobre o tapete grosso de pele duas mulheres montavam sobre um homem deitado, uma de frente para a outra, uma com as coxas abertas sobre a cara dele, a outra sobre sua pelve, e, enquanto o prendiam no chão para seu prazer, inclinavam-se para frente e se beijavam entre seus gemidos.

Outros casais e grupos se espalhavam por vários lugares, todos em algum estágio de nudez enquanto davam prazer um ao outro em completo abandono. Além da luxúria, aquelas pessoas escondidas por trás de suas máscaras sentiam amor umas pelas outras. Era estranho e antinatural, mas, apesar de sua repulsa, o príncipe estava chorando.

Uma mulher estava sozinha no meio da festa, e ela circulava entre as pessoas sorrindo, parando para rir com os que ainda estavam vestidos e passando uma mão gentilmente pela pele dos desnudos ao passar, e ao fazer isso todo o grupo estremecia de prazer. Ela usava um vestido tão fino que as curvas finas de seu corpo eram claramente visíveis por baixo dele, mas nenhum dos convivas a incluía em suas depravações.

Quando terminou de percorrer o local, ela parou no centro do salão e se virou lentamente com os braços estendidos. Da ponta de seus dedos saíam fagulhas douradas. O ar instantaneamente ficou mais pesado, e uma onda de algo quente e adocicado atingiu o príncipe onde ele estava. A cabeça dele começou a girar como se tivesse bebido muito vinho rápido demais. De repente, ele também queria entrar no salão, tomar parte daquela loucura que estava acontecendo diante dele. Incapaz de se impedir, ele empurrou e abriu mais a porta, e a mulher no meio daquilo tudo olhou para ele. E sorriu.

O coração do príncipe parou. Como ele não a havia reconhecido antes? Era Bela. *Sua* Bela. Menos pelos cabelos, os cabelos dela eram de outra cor. O que era aquilo? Como sua doce noiva podia fazer parte daquilo? Será que era mesmo ela? Ou era uma garota diferente? O último traço de sobriedade em sua mente sabia que ele devia fazer a volta e sair correndo dali, mas a estranha intoxicação que formigava em seu sangue impedia que se movesse. Ele se lembrou dela no corredor atrás dele. Sua confusão. Seu tremor. *Os cabelos dela estavam mudando de cor.*

Bela caminhou em sua direção, com a graça e a elegância de movimentos felinos, e seus olhos brilhavam. Os olhos dele bebiam nas formas visíveis de seu corpo através do tecido creme fino que flutuava em torno dela quando se movia.

— Meu querido — disse com voz sensual ao chegar perto dele. — Sabia que ia me encontrar. — Ela pegou a mão dele e seu braço estremeceu com fagulhas que provocaram uma sensação de algo entre dor e prazer. Quando ele cruzou o portal, ela fechou a porta atrás dele, e qualquer resistência que pudesse ter havia terminado. O ar estava pesado e cheio de um aroma almiscarado de sexo e magia, e ele estava ansioso para se livrar de suas roupas e se jogar no chão com Bela, sem se importar com quem pudesse ver seu ato de amor. Ele a puxou para perto de si e a beijou. A onda de paixão que o tomou foi maior do que qualquer coisa que sentira antes. O que era aquilo? Será que ela o estava encantando? Ela apertou seu corpo confiantemente contra o dele, provocando-o, e depois se afastou e se sacudiu para se livrar de seus braços.

— Não até nossa noite de núpcias. — A voz dela estava um pouco mais grave que o normal, e, apesar de ele ter certeza de que aquela era Bela, ela era, ao mesmo tempo, uma mulher completamente diferente. — Não para mim. — Ela passou os dedos pela camisa dele, provocando-o ao abrir alguns botões. — Tenho outros desejos para satisfazer esta noite.

— O que é isso? — murmurou o príncipe enquanto ela o conduzia por cima das duas mulheres que dançavam e agora se enroscavam uma à outra no chão. — O que você está fazendo? — Mãos quentes se estenderam e o puxaram. Ele não resistiu. As mulheres lhe abriram espaço entre elas. Bela sorriu para o príncipe, e as duas garotas enfiaram os dedos e a língua por dentro de suas roupas e sua cabeça girou e ele arfou.

— Às vezes — disse suavemente Bela, bebendo de sua taça de prata — todo mundo precisa liberar a fera interior por algum tempo. — E riu, parecendo uma cachoeira encontrando o mar, e mais fagulhas escaparam da ponta de seus dedos. — Eu gosto de ver. Todos temos nossos desejos obscuros. Devíamos saciá-los. — Em algum lugar dentro dele, uma voz gritava feitiçaria, e então ele se perdeu em sensações quando suas mãos tocaram seios firmes e uma boca macia o tocou enquanto outra explorava uma parte bem mais íntima de seu corpo. E por algum tempo, até seu amor por Bela foi esquecido.

O tempo nada significava enquanto os grupos de corpos se moviam, misturavam e criavam novas formações, mas, quando o primeiro-ministro trouxe a criada que servia vinho para o salão, o príncipe estava coberto de suor, e seu corpo latejava tanto de desejo e do desejo de se livrar dele. O mundo parecia meio fora de foco, e ele sentia como se talvez estivesse em um sonho.

O ministro caminhava com as costas retas, sem olhar para a decadência que o cercava, até alcançar Bela, que estava sentada num trono de onde podia ver tudo ao redor. Ela bateu as palmas das mãos de prazer ao ver a garota vendada ser conduzida até ali.

— Uma noite especial! — exclamou. — Vou beber! — De onde estava no chão, o príncipe a viu saltar de pé e abraçar o homem diante dela. Ele se encolheu.

— Ela se chama Nell — disse ele. — E estava conversando com o caçador.

— Por que você me conta os nomes? — fechou a cara Bela, aborrecida. — Não me importam os nomes. Meus convidados tiveram seu prazer, agora vou ter o meu!

O primeiro-ministro balançou a cabeça. Seu rosto estava tenso, como se não ousasse mostrar nenhuma emoção.

— Vou esperar lá fora — disse ele. — As carruagens de seus convidados estão prontas. Sugiro que os dispense antes de...

— Sim, sim — retrucou ela, e o primeiro-ministro saiu. Bela bateu palmas mais uma vez, desta vez mais alto, e chamou a atenção dos convivas.

— Senhoras e senhores — disse ela, dirigindo-se a eles como se aquele fosse um baile normal. — Foi maravilhoso revê-los. Um *prazer*. — Os convidados riram com isso enquanto tornavam a vestir as roupas onde necessário, e sorriam enquanto procuravam seus pares originais e se preparavam para partir. — Em breve, teremos outra destas noites, mas agora é hora de voltarem para a casa e continuarem com seus prazeres como lhes convier.

O salão se esvaziou relativamente depressa, como se estivessem acostumados a festas que acabam de repente, e, enquanto muitos vinham se despedir de Bela e agradecer por sua hospitalidade, nenhum prestou a menor atenção à garota vendada que oscilava levemente no meio do salão. Bela segurou o príncipe ali com ela e, quando os músicos foram embora, as portas se fecharam com um estalido e os três ficaram sozinhos.

— E agora para meu prazer — disse Bela, sorrindo para ele, seus olhos dançando de excitação. Seu rosto estava corado, e o príncipe pensou, naquele instante, que seu nome nunca fora tão apropriado.

Ela fez uma volta na garota, uma jovem de formas fartas e comuns, passando uma mão por sua cintura. A criada engasgou, mas não disse nada. Será que estava drogada? O que Bela queria com ela? A expressão no rosto do primeiro-ministro quando a trouxe até ali passou pela mente do príncipe. Ele tinha o aspecto de um homem torturado.

— Linda Nell — disse com doçura Bela. — Elas sempre são tão bonitas. — Ela pegou a jarra de prata na mesa e tornou a encher sua taça, em seguida serviu outra para o príncipe. O vinho tinto parecia espesso e escuro, e ele ficou olhando para o dele enquanto ela bebia.

— Beba — disse ela. Seus olhos ficaram duros, e o príncipe, de repente sentiu-se desconfortável. Ele ergueu a taça e bebeu. O sabor era metálico, e a substância espessa demais para ser engolida com facilidade sem engasgar, como se seu corpo reconhecesse o que era antes que o cérebro tivesse tempo de fazê-lo.

— Isto é... sangue? — perguntou ele quando compreendeu a verdade tétrica.

Ela sorriu, e o príncipe pôde ver onde o líquido carmesim havia grudado nos dentes dela.

— Este está frio, mas logo vamos ter sangue quente. Fresco e quente e tão cheio de vida. — Ela o abraçou e o apertou junto ao seu corpo e o beijou, procurando a língua dele com a sua. O estômago do príncipe se embrulhou. *Sangue*. Sua princesa, sua Bela, estava bebendo sangue. *Ele tinha* bebido sangue.

Bela se afastou, sem fôlego, e riu, jogando a cabeça para trás e em seguida derramando o copo de sangue sobre si mesma e ficando coberta com ele, o material fino de seu vestido grudou em cada curva de seu corpo com o peso do líquido. Ela largou a taça, e o som do metal caindo no chão ecoou alto no salão vazio, e a criada, Nell — o príncipe se lembrou de que ela tinha um nome —, se encolheu.

Bela acariciou o rosto dela e a acalmou, beijando-lhe o rosto e deixando marcas de sangue em sua pele branca. Ela olhou para o príncipe.

— Você está pronto? — murmurou, e puxou algo de um esconderijo na lateral de seu trono. O príncipe balançou a cabeça, apesar de sua necessidade de correr para longe daquele lugar e vomitar. Ele estremeceu quando Bela acenou com a cabeça para que bebesse mais de sua taça. Amaldiçoando a própria fraqueza, bebeu. Pensou que as coisas não podiam ficar muito piores do que já estavam. Para o rapaz, a princesa ainda ia lhe pedir para fazer sexo banhado em sangue com a coitada da garota.

Apenas quando viu a faca na mão de Bela, que pegou a mão do príncipe e a sobrepôs à dela, levando a lâmina fria ao pescoço quente da garota, percebeu que as coisas iam ficar muito, muito piores antes de melhorar.

Tarde demais ele se lembrou do que o primeiro-ministro dissera antes de mandá-lo para seus aposentos.

A Fera está chegando.

A mente do príncipe tinha se desequilibrado um pouco quando tudo acabou, e o primeiro-ministro estava debruçado sobre ele, com os olhos arregalados de raiva e sibilando:

— Eu falei para ficar em seu quarto! Tentei garantir que ficasse, seu garoto burro, burro. — O príncipe chorou depois disso, balançando para a frente e para trás enquanto o velho passou o braço de um modo esquisito ao seu redor e tentou levantá-lo. Seus pés escorregaram no sangue e ele caiu outra vez no chão.

O príncipe não conseguia se livrar do gosto. Achava que nunca mais conseguiria, nem das imagens que gravara a fogo na mente. As coisas que a Fera tinha feito com a pobre da garota morta.

— Por quê? — murmurou. — Por que ela faz essas coisas?

Bela e a faca. Observando enquanto ela... enquanto *elas*... e então a dança terrível dela no sangue quente, espalhando pelo seu corpo e pelo dele, enchendo taças de vinho com ele. Forçando-o a beber. E ele fraco e com medo demais para impedir que ela fizesse qualquer uma das coisas horríveis que fez.

Ele gemeu, e, tentando preservar a sanidade, escondeu tudo o que havia visto num canto de sua mente. Ele precisava esquecer. Ele *tinha* de esquecer.

— Levante — rosnou outra vez o primeiro-ministro. — Volte para seus aposentos. O sino vai tocar logo, e então o castelo vai voltar ao ritmo normal. Você não pode ser visto assim.

— O sino? — perguntou o príncipe.

— A Fera agora vai sumir. — O ministro o forçou a ficar de pé. — O sangue precipita a mudança. Nossa rainha vai voltar a si, e ela não pode vê-lo assim. — Ele olhou para a mulher banhada em sangue que estava começando a tremer. — Ela não pode ver a si mesma desse jeito. Agora vá. Queime suas roupas. Lave-se e durma. Esqueça que isso aconteceu.

O príncipe não sabia se ria ou chorava da sugestão absurda de que aquilo pudesse ser esquecido. De que ele, algum dia, pudesse ser normal outra vez. Como se tivesse ouvido em voz alta os pensamentos do príncipe, o primeiro-ministro agarrou seu pulso com força, afundando os dedos magros em sua pele.

— Você vai se esquecer disso. Ou mudar isso em sua mente. É tudo o que pode fazer. — Ele olhou com raiva para o príncipe. — Agora vá.

Desta vez, o príncipe, arrasado, não hesitou.

CAPÍTULO 10

"Um acordo como esse é pior que uma maldição de bruxa..."

Começava a anoitecer quando os céus se limparam e o sino tocou de novo sobre a cidade. O grupo abrigado no esconderijo embaixo da árvore tinha dormido um pouco e depois comido. Petra e Toby escaparam até a superfície para caminhar ao ar livre, deixando o caçador e Rumpelstiltskin conversando.

Depois da fúria da tempestade, todas as superfícies estavam molhadas, e as árvores cintilavam de verde conforme a água escorria de seus galhos, mas, apesar de haver uma brisa leve, não fazia frio.

— Você acha que a história de Rumpelstiltskin sobre a filha e a bruxa é verdade? — Petra perguntou enquanto caminhavam. — Ou, com sua mente em estado frágil, ele inventou tudo?

— É a história que ele sempre contou. — Toby passou o braço em torno da cintura dela como se fosse a coisa mais natural do mundo, e talvez Petra tenha achado que era mesmo. — Acho que é verdade. Por que pergunta?

— Ah, por nada. Por nenhuma razão importante agora, pelo menos. Você vai se transformar de novo esta noite? — perguntou Petra enquanto Toby olhava para o sol poente.

— Vou — disse ele. — Há mais duas noites de lua cheia. — Ele sorriu para a garota. — Mas tenho cerca de uma hora antes que ela me atinja.

A cidade reluzia diante deles, nítida e iluminada, e Petra olhava fixamente para ela, ainda fascinada por uma visão tão diferente de qualquer coisa que experimentara antes.

— É muito bonita — disse ela baixo. — Mas deve ser muito solitário para você com apenas Rumpelstiltskin como companhia.

— É, foi solitário — disse Toby. — Mas era bom ser livre. Não precisar me esconder por vários dias todo mês nem mentir para as pessoas. Eles teriam me matado, estou certo disso, se a maldição não tivesse ocorrido.

— Não entendo como qualquer pessoa que tenha ouvido seu uivo possa caçá-lo. Eu acho lindo. — Petra enrubesceu levemente.

— Nunca vou me esquecer da primeira vez que a ouvi uivar de volta para mim. Foi como ver uma luz na escuridão — disse Toby. — Quando me chamou do castelo, sabia que tinha de encontrá-la. E soube que tinha de salvá-la quando vi o soldado com a faca em sua garganta. — Ele parou de andar e olhou para Petra. — Eu morreria feliz para salvá-la.

Ela sorriu para Toby, e um calor correu por todo o seu corpo. O uivo do outro lado da parede da floresta a havia atraído para ele, e essa era a razão. Toby se inclinou para a frente e a beijou, e, apenas um momento depois que seus lábios se separaram, Petra ficou empolgada com o modo como tudo aquilo parecia certo.

— Achei que o príncipe fosse um tolo por amar Bela — ela murmurou. — Você acha que é isso o que ele sente? — Ela envolveu Toby pela cintura com os dois braços e apoiou a cabeça em seu peito enquanto ele a abraçava. O riso dele vibrava através de sua camisa.

— Não, você não pode culpar o príncipe por sua estupidez. Ele a beijou, e essa foi sua desgraça. As feiticeiras das águas são famosas pelo fascínio e pela sedução. Suas irmãs, que vivem nos mares orientais, são chamadas de sereias. Elas atraem os homens para a morte nas rochas porque os marinheiros não resistem a se aproximar delas. Seu príncipe pode ser um tolo por muitas razões, não posso julgá-lo por isso, mas, em relação ao envolvimento com nossa rainha; é difícil não amá-la. O sangue dela obriga que a amemos.

Ele lhe beijou a testa e Petra gostou da sensação da barba por fazer contra sua pele.

— Isso, porém, é um tipo de magia completamente diferente — disse ele.

Ela não precisou perguntar o que queria dizer. Sentia em seu âmago. Eram feitos um para o outro e estavam destinados a ficar juntos. Será que era por isso que os lobos tinham ido tanto à casa de sua avó? Será que a vontade de estar com ele era o que os havia atraído?

— Você devia voltar — disse suavemente Toby. — Sinto que já está quase começando, e eu prefiro me transformar sozinho.

Nesta última frase, Petra pôde sentir o peso da vergonha que ele sentia em relação à sua maldição, à solidão e ao medo que ela trazia, e, quando voltava para o carvalho, jurou que, custasse o que custasse, acabaria com *aquela* parte da maldição: ele nunca ficaria solitário de novo.

Ele se juntou a eles dez minutos mais tarde, andou até Petra, enroscou-se ao lado dela no chão e descansou a cabeça pesada em seu colo, uma orelha erguida enquanto o caçador e Rumpelstiltskin continuavam a conversar.

— Não vou fazer isso de novo — disse o homem mais velho. — Todo mundo que amo está morto. Minha filha está morta. Deixe que a cidade viva com a Fera até que todos estejam mortos e apodreçam atrás da parede de floresta.

— Não ligo para suas maldições ou sua Fera — retrucou o caçador. — Minha responsabilidade é com o príncipe. Abrimos caminho pela floresta e podemos fazer a mesma coisa para sair. Nosso lugar não é aqui, ela vai nos deixar passar. No entanto, preciso chegar ao castelo e forçá-lo a vir comigo, sem que o primeiro-ministro me veja. Assim que tivermos partido, o senhor pode fazer o que quiser. Esconder-se e morrer aqui, ou destruir o fuso e libertar a cidade.

— Nunca vou libertá-los enquanto ela estiver viva.

— Então o senhor deve fazer o que prometeu ao seu amigo, o rei — disse com tranquilidade Petra. — Furar o dedo dela de novo.

— E aguardar mais cem anos sozinho? — a voz de Rumpelstiltskin estremeceu de horror com a ideia. — Mais cem anos para uma pessoa como você chegar e estragar tudo de novo? — Ele sacudiu a cabeça. — Eu não poderia. Nada de bom vem das maldições.

Petra acariciou a cabeça do lobo e achou que Toby devia estar morto décadas antes de ela nascer.

— Às vezes sim — ela disse.

— Só me conte como posso chegar até o príncipe sem ser visto — disse o caçador. — Não tenho nenhuma lealdade para com seu primeiro-ministro e não desejo ver o senhor morto. Contudo, preciso ver o príncipe, e, se o senhor não puder me mostrar outro jeito de entrar lá, simplesmente vou ter de ir pelos portões do castelo, e aí ele vai querer saber se eu o encontrei. Se o que me contou sobre as masmorras for verdade, não terei escolha além de contar a ele.

— Este não é meu único esconderijo — resmungou Rumpelstiltskin, mas as palavras do caçador claramente o haviam deixado alarmado. — Mas vou lhe explicar outro jeito de entrar. Nossos túneis vão a toda parte. — Os olhos desconfiados dele brilharam sombrios. — Contudo, vou com você, para me assegurar de que não vai me trair. E não vou levar o fuso.

A rede de túneis que Rumpelstiltskin tinha construído era extraordinária, e mesmo com seu senso natural de direção e olhos para se lembrar de detalhes de uma trilha, o caçador sabia que nunca teria encontrado o caminho de volta sem ele. Tinham deixado Petra dormindo, e o lobo havia saído discretamente, sem dúvida para se alimentar com algumas galinhas ou outros animais domésticos. Ele tinha pena do homem amaldiçoado, perguntando-se como devia ser terrível passar parte da sua vida aprisionado no corpo de um animal com todos os seus desejos e suas necessidades. Jurou em silêncio nunca contrariar uma bruxa, se pudesse evitá-lo.

Por fim, chegaram ao interior do castelo escuro através de uma lareira, ao que pareciam ser aposentos pessoais vazios. Rumpelstiltskin baixou e fechou a porta do alçapão e se esticou todo enquanto se erguia de pé.

— Como sabia que este lugar estaria vazio? — perguntou o caçador com a mão no cabo de sua faca.

— Esses são os meus aposentos. Duvido que alguém esteja tão ansioso assim para tomar para si o quarto de um traidor. — Era tarde da noite, e o castelo, agora que a Fera os havia deixado por algum tempo, tinha relaxado e dormia profundamente. Sob a porta do príncipe, porém, brilhava uma faixa de luz.

Ele quase gritou quando os viu, pulando da cama e pegando um enfeite para usar como arma. O caçador correu até ele para silenciá-lo, enquanto Rumpelstiltskin protegia a porta.

— O que nós fizemos? — disse o príncipe, tremendo. — Nunca devíamos tê-la despertado. Nunca devíamos tê-la tocado. — Ele agarrou o braço do caçador. — Não consigo me livrar do *gosto daquilo.*

— Então você conheceu a Fera — disse Rumpelstiltskin, e o príncipe estremeceu outra vez.

— Precisamos deixar as coisas como estavam antes — ele disse baixo. — Temos de fazer todo mundo dormir.

— Esqueça isso — disse o caçador. — Não é problema nosso. Precisamos escapar. Abrir caminho pela floresta como fizemos antes e voltar para seu pai.

— Não consigo me esquecer daquilo. Você não viu. Você não viu o que ela fez com aquela criada que estava servindo vinho. — O príncipe franziu levemente o cenho. E seu rosto pálido virou-se para o caçador. — Nunca vou conseguir esquecer. Não enquanto ela estiver acordada. — Ele interrompeu suas palavras. — Você a *conheceu*. Foi o que ele disse. Ele a levou porque ela foi vista falando com você. E então ela... e então ela...

— Nell? — O sangue do caçador gelou. — O que ela fez com Nell?

A boca do príncipe se abriu enquanto ele se esforçava para dizer algumas palavras, e então simplesmente irrompeu em lágrimas.

— Sangue — disse Rumpelstiltskin, baixinho. — Ela deve ter tirado seu sangue. A Fera tem sede de sangue, saciada pelos órfãos. Normalmente quando a sede é saciada, a Fera vai embora. É um preço que o reino tem de pagar.

— Bela a matou? — O caçador estava chocado. Mesmo depois de ouvir a história de Rumpelstiltskin, ele achava difícil ligar aquela rainha linda e bondosa à crueldade. — Nell? Ela matou Nell?

— Ela dançou em seu sangue — gemeu o príncipe. — Ela me fez... Ela me obrigou a beber com ela. Eu não consegui impedi-la. Não consegui... — Ele olhava de um homem para o outro. — Estava com muito medo. Entendem? Vocês conseguem compreender? Não pude fazer nada. — Ele olhou fixamente para o nada. — Ela era tão linda quando estava dormindo. Como nós podíamos saber?

O horror de suas palavras pairou no ar.

— E você quer deixá-la viver? — O caçador deu a volta em Rumpelstiltskin enquanto pensava na pobre Nell. A sensação de sua pele macia e o som de seu riso quente ainda estavam muito frescos para ele. Ela tinha sido uma garota doce, que nada fizera de errado, e ele se odiava por ter sido presa de sua própria natureza e tido seu prazer com ela, especialmente quando, sem saber, a havia levado em direção à morte. Ele estava louco de raiva. — Então deixe-a viver, mas me dê o fuso. Você vai com os outros e abre caminho pela floresta. Vou ficar para trás e amaldiçoá-la de novo. — Ele rangeu os dentes, sabendo ao que estaria se submetendo. Cem longos anos sozinho. Contudo, se não fosse por ele, Nell ainda estaria viva. Se eles não tivessem despertado Bela, então ela estaria dormindo pacificamente, com toda a vida pela frente lhe esperando quando a Fera estivesse morta. Ele faria isso. Tinha que fazê-lo.

— Não — disse Rumpelstiltskin. — Por que devia fazer isso? Ninguém se importa que minha filha tenha passado a vida aprisionada na torre daquela bruxa. Ninguém se importa que eu nunca mais veja seu rosto. Então o que me importa o destino da cidade?

— E se você pudesse ter outro filho? — perguntou sem pensar o príncipe. Havia um ar de insanidade em seus olhos, e o caçador sabia que, se não fizessem Bela voltar a seu sono longo e mortal, o príncipe nunca se livraria dela. O erro dele o deixaria louco. Se já não estava um pouco. O jovem tinha vivido mais aventuras do que ele havia negociado.

— Minha mulher morreu — retrucou amargamente Rumpelstiltskin. — Não quero me casar com outra.

— Dou a você meu filho. Meu primogênito. — Ele segurou o braço do homem. Seu corpo todo tremia.

— O quê? — O caçador se virou. A raiva pela morte de Nell tinha sido substituída pela surpresa. — Você não pode fazer um acordo desses.

— Eu posso. — O príncipe não tirava os olhos de Rumpelstiltskin. — Meu primeiro filho. Eu prometo. O senhor terá o primeiro filho de meu leito nupcial para criar como seu.

— Um filho? — Rumpelstiltskin sentou na beira da cama e ficou olhando para a lareira. — Uma criança para criar como se fosse minha. Longe da corte. Longe dos jogos dos outros. Uma criança para amar e nunca abandonar.

— Isso! — assentiu o príncipe com entusiasmo. — Isso mesmo! Tem minha palavra.

— Não faça isso — reclamou o caçador. — Esse tipo de acordo é pior que uma maldição de bruxa.

— Eu tenho a sua palavra? — Rumpelstiltskin esticou a mão para o príncipe delirante.

— Tem.

Os dois homens apertaram as mãos e o acordo foi fechado. Enquanto os observava, horrorizado, o caçador se perguntou quanta loucura podia caber em um reino. De repente, cem anos sozinho não pareciam um destino tão terrível assim à sua frente.

— Vamos lá — disse o príncipe. — O caçador pode voltar com o fuso enquanto estivermos abrindo caminho pela floresta. Podemos estar longe de manhã.

— Não. — O caçador rangeu os dentes e fez o máximo possível para ignorar a indiferença do príncipe a seu sacrifício de cem anos. — O castelo vai despertar em breve, e não vai haver tempo suficiente. Se não estiver aqui então, o primeiro-ministro vai saber que estamos fugindo e cada centímetro da parede da floresta estará protegido por soldados. Você tem de ficar aqui e agir normalmente. Planeje o casamento. Convença-os de que tudo está bem. Diga que quer outra festa em homenagem à sua noiva. Garanta que todos os ministros, e Bela, bebam bastante. Diga a ela que deve dormir bem antes do casamento e se assegure de que esteja na cama antes da meia-noite. Vamos encontrá-lo aqui e você vai partir. Vou lhe dar quatro horas de vantagem. Se não tiver aberto caminho na parede de floresta, vai ficar preso no sono com o resto da cidade até que ela morra.

— Mas não posso! — O príncipe ficou horrorizado. — Como vou fingir que está tudo bem? Com ela? Como? Com certeza os ministros vão desconfiar...

— A mente é capaz de muitas coisas — disse Rumpelstiltskin — quando exposta ao verdadeiro horror.

Ela vai se proteger. Você deve guardar os acontecimentos do dia como se fossem um sonho. Um pesadelo. Eles vão achar que você escolheu esquecer.

— Não sei...

— É preciso — intrometeu-se o caçador. Ele estava cansado da fraqueza do príncipe. Estava cansado da realeza que arruinava a vida das pessoas comuns. — É o único jeito.

Finalmente, o príncipe concordou e se aprumou.

— Eu vou fazer isso.

Ele falou como se fosse um sacrifício nobre, que só um príncipe consegue fazer quando está cercado do sacrifício de outros em seu benefício.

— Bom — disse o caçador e gesticulou com a cabeça para Rumpelstiltskin. — Vamos.

— Eu vou cobrar sua promessa, jovem príncipe — disse o homem. — Primeiro, vou procurar a bruxa, depois vou atrás de você. Não me esqueça.

— O senhor tem minha palavra — repetiu o príncipe.

Quando Petra acordou, uma estreita faixa de luz penetrava pelo teto de terra. Rumpelstiltskin dormia na poltrona, e o caçador tinha arrumado um lugar para ele no chão. Não havia sinal do príncipe. Nem de Toby.

Sem querer acordá-los, ela caminhou silenciosamente pelo túnel estreito e subiu a escada até o ar fresco.

Toby estava sentado embaixo de uma árvore ao sol da manhã e sorriu para ela.

— Eles ainda estão dormindo?

— Como bebês.

— Que dia lindo. — Ela sentou-se ao lado dele. A grama estava seca, mesmo pouco depois do amanhecer. — E quente também — Ele estava olhando para a cidade que se movia devagar, e Petra pensou que nunca vira ninguém mais belo em toda a vida, e provavelmente jamais veria. Ela ergueu o rosto na direção dele e o beijou devagar. Apesar da barba por fazer, seus lábios estavam macios ao tocar os dela, suas línguas se entrelaçaram até que o calor dentro dela ficasse tão forte que caiu de costas e o puxou junto. Petra deslizou a mão por baixo da camisa dele e o sentiu se arrepiar quando correu os dedos sobre sua barriga lisa, provocando a linha de pelos que descia de seu peito para baixo do umbigo.

Toby gemeu e a segurou firme pelos cabelos enquanto a mão da garota descia e Petra começava a arfar ao mesmo tempo em que ele levantava seu vestido. Ela enfiou a mão por dentro de suas calças e Toby fez uma pausa e a segurou pelo pulso. O rosto dele estava corado, e as manchas amarelas em seus olhos verdes estavam mais brilhantes de luxúria.

— Tem certeza?

Ela respondeu com um sorriso, envolvendo-o com as pernas em torno de seus quadris e o puxando em sua direção.

— Vou considerar isso um sim — conseguiu dizer antes que fossem tomados pela paixão e todas as palavras se perdessem em bocas, mãos, movimentos e amor.

Quando terminaram, permaneceram deitados juntos olhando para o céu, rindo e sorrindo como fazem os amantes recentes, depois se beijaram mais. Soldados podiam estar parados em cima deles que Petra não teria notado. Aquilo era amor verdadeiro. Ela soube na primeira vez que ouviu o uivo distante, além da muralha da floresta. Ele era feito para ela, e ela, para ele. Petra e Toby, Petra e o lobo.

— Está com fome? — disse ele depois de algum tempo, afastando delicadamente fios de cabelo do rosto dela. — Tem um padeiro aqui perto. Podíamos comprar pão.

— E os homens do primeiro-ministro? — ela perguntou.

— Eles não estão procurando por nós, estão procurando Rumpelstiltskin. — Ele sorriu e se levantou antes de ajudá-la a ficar de pé. — E, se ele não estiver carregando um fuso, duvido muito que o reconheçam. Soldados, em geral, não são os homens mais inteligentes. Pelo menos, não neste reino.

— Então, vamos buscar pão. — Ela trançou o braço no dele, e seguiram pela trilha sob a luz do sol como se não tivessem preocupações no mundo.

Logo que o aroma do pão assando chegou com a brisa suave, Petra percebeu como estava faminta. Os dois se juntaram ao pequeno grupo de pessoas que acordara cedo, e esperaram pela sua vez na cabana do padeiro. A garota estava perdida nos próprios pensamentos de amor e risos, com o corpo apoiado nele, carecendo do maior contato possível até sentir a mão de Toby apertar-lhe o braço, e então as palavras das pessoas à volta se tornaram mais que um burburinho, tirando o apetite de Petra.

— Acabei de me encontrar com a mulher do ferreiro. Ele entrou na casa deles pela porta dos fundos ontem à noite. O ferreiro desceu e o viu arrancando um pedaço de veado que estavam guardando. Ele disse que nunca tinha visto uma fera tão terrível. Os olhos dela brilhavam, foi isso que o ferreiro disse.

— Não é natural, todo mundo sabe isso. Tinha o pelo todo azul. E era duas vezes maior que um lobo normal.

— Devia ser caçado. Talvez aí a floresta se abra.

— Talvez tenha sido o lobo que nos amaldiçoou.

Toby murmurou para o padeiro que lhe entregou quatro pães grandes fresquinhos, então puxou Petra dali.

— Vamos procurar a rainha, e ela vai mandar soldados para encontrá-lo. Não há lugar para se esconder com a floresta fechada à nossa volta. Eles vão

matá-lo a pauladas. Antes que comece a vir atrás das crianças.

Ela continuou de braços dados com ele e os dois seguiram com passos lentos enquanto voltavam até a trilha e as vozes sumiam a suas costas. Seus sentimentos, porém, ecoavam bem alto no silêncio. Toby estava com os dentes cerrados, e nenhum dos dois estava mais sorrindo.

— Não dê ouvidos a eles — disse Petra. — São só fofocas bobas.

— Eu nunca atacaria crianças — disse ele entre os dentes.

— Eu sei — disse Petra. — Esqueça-se deles. — Era mais fácil dizer do que fazer, e ela sabia disso. — Vamos lá, vamos ver se os outros já acordaram. Descobrir aonde foi o príncipe.

Mesmo num dia bonito como aquele, Petra não conseguiu evitar uma onda de alívio que sentiu quando estavam novamente no subsolo. Não importava o que ela tivesse dito para tentar fazê-lo se sentir melhor. Toby tinha razão em se preocupar. Petra podia saber muito pouco sobre a vida na corte, mas entendia de mexericos de aldeia. Não era preciso muito para que algumas palavras exageradas se transformassem em tochas ardentes e forcados, e a ideia de uma multidão caçando Toby fazia seu estômago querer sair pela boca e seu coração afundar no peito.

— Não — disse Toby quando ouviram o plano do caçador. — Você não precisa fazer isso.

— Preciso sim. — O caçador o olhou com expressão fechada debaixo de seus cabelos escuros. — Aquela garota está morta porque eu fiz um curativo no dedo de Bela e a despertei. Tenho de consertar as coisas.

— As coisas têm de ser consertadas, verdade; mas não por você.

A maior parte dos pães havia sido comida pela metade e estava em seus pratos. Toda a fome fora esquecida depois de saberem o que a Fera tinha feito e o acordo do príncipe com Rumpelstiltskin. Petra se sentiu muito nauseada, mas nada podia prepará-la para o que vinha em seguida.

— Eu vou fazer — disse simplesmente Toby. — Vocês todos podem voltar para a floresta, e eu vou ficar.

— Não — surpreendeu-se Petra. — Isso é estupidez. Você tem de vir também.

— Por quê? — Ele olhou para ela, com os olhos brilhando amargurados. — Você ouviu o que eles disseram. Por que seria diferente em outro lugar? A qualquer parte que eu vá, vou ser caçado. Pelo menos aqui serei livre.

— Você não pode! — Lágrimas rolavam dos olhos de Petra. — Não podemos nos separar. Não vou deixar você.

— Você vai ficar melhor sem mim — disse ele. — Mais segura, também. Quando a multidão vier, o que um dia vai acontecer, não vão simpatizar nada com alguém que tenha me protegido.

— Mas você não vai poder fazer isso, não tem como — suspirou o caçador. — Tem de acontecer esta noite. — Você vai virar lobo.

— Espere até de manhã — disse Toby.- Aí eu posso fazer.

Petra olhava-o fixamente. A ideia de viver sem ele, de saber que estava bem do outro lado da parede e continuava vivo, jovem e saudável, enquanto ela envelhecia e morria com apenas o som distante de seu uivo que chegava através da floresta para assombrá-la. Isso era demais para suportar. Ela chegou a ficar sem fôlego por um instante.

— Não podemos esperar até de manhã — disse Rumpelstiltskin. — Vai ser perigoso demais. A Fera estará muito alerta. O plano está armado para esta noite.

A cabeça de Petra girava. Ela podia ver o desespero de Toby. Ele não queria deixá-la, mas tampouco queria passar a vida como um pária. Sempre mentindo para as pessoas. Sempre se escondendo.

— Esperem — ela disse, de repente. — Esperem. — Quando teve a ideia perfeita, ela sorriu. — A maldição não afeta quem a aplica, certo?

Rumpelstiltskin confirmou.

— Então eu faço — ela disse. — Toby pode proteger o quarto, e eu furo o dedo dela.

CAPÍTULO 11

"Eu lhe dou esta mágica..."

O príncipe ficou surpreso por ter conseguido dormir durante algumas horas inquietas depois da partida do caçador e de Rumpelstiltskin, apesar de ter deixado todas as lamparinas acesas. Encontrou Bela no terraço para o café, e ela levantou-se de sua cadeira e correu em sua direção, com um sorriso doce que fazia seu rosto brilhar.

— Senti saudade — ela murmurou, ficando na ponta dos pés para beijá-lo. Bela tinha o sabor doce da torta de maçã que estava comendo, mas, mesmo assim, o estômago do príncipe revirou-se e embrulhou-se quando seus lábios se tocaram. Ele se concentrou na escuridão de seus cabelos, tão diferentes do louro molhado de sangue da Fera que o atormentara na véspera. Ele se esforçou para expulsar a lembrança, fez o possível para trancá-la num recôndito distante de sua mente.

— Também senti saudade — respondeu sem entusiasmo. — Mal consegui dormir. — A última parte não era mentira. Ele se perguntou se Bela tinha percebido que um dia inteiro de sua vida estava faltando de sua memória. Ela o tomou pela mão, ambos se sentaram ao sol, e ela falou animadamente sobre os planos do casamento enquanto o príncipe se obrigava a comer um doce e beber um pouco de suco. À luz forte do dia, e na presença de sua gentileza, era quase possível pensar que tudo o que acontecera fora com outra pessoa completamente diferente. A garota era simpática e adorável. Ela nem tinha a mesma voz da outra.

— E como estão vocês dois esta manhã?

O príncipe se virou e viu o primeiro-ministro parado sob a sombra do toldo.

— Maravilhosos, obrigada — respondeu Bela, presenteando-o com um sorriso carinhoso. — E que dia lindo!

— Vejam quem está aí! — disse o príncipe, feliz ao ouvir como sua voz soava confiante. Ele podia ter tido um momento de fraqueza quando deixou de defender a criada, soube pela expressão do caçador que o achava um covarde, mas ele era corajoso. Como o caçador podia saber o que estava acontecendo lá dentro? Será que teria se comportado de maneira diferente? Provavelmente não. O príncipe podia ser corajoso. E ia fazer bem o seu papel hoje. — Eu queria um jantar mais particular esta noite. Com Bela e todos os ministros. Gostaria de conhecê-los melhor, e que eles me conhecessem melhor, antes do nosso casamento. — O príncipe sorriu para Bela. — Não quero que eles fiquem preocupados que ela tenha feito uma escolha errada.

— Que boa ideia — exclamou Bela. — Mas como eles poderiam pensar isso?

O príncipe se levantou e foi beijá-la.

— Eu só queria ter certeza. Quero que você se orgulhe de mim.

Ela o envolveu com os braços pelo pescoço e riu, então ele a levantou do chão, girou-a no ar e a beijou. Desta vez, com mais paixão. Era estranha aquela atração que ela exercia. Ele desejava sua beleza mesmo revoltado por conhecer a mulher adormecida com quem compartilhava o corpo.

— Essa camisa é quente demais — disse ele. — Preciso me trocar. — Eu a encontro no labirinto? — perguntou a ela. — Podíamos caminhar e fazer os planos juntos.

Bela concordou com o rosto brilhando de amor, e ele saiu. O primeiro-ministro foi atrás até o castelo, com expressão pensativa.

— Como está se sentindo esta manhã, alteza?

— Ah, estou bem — sorriu o príncipe. — Cansado, mas bem. — Tive sonhos horríveis. Acho que tive uma febre. Ou bebi demais. E aquela tempestade terrível que durou a noite inteira. — Ele deu de ombros quando as indesejadas lembranças de sangue e da Fera e da faca ressurgiram. — Mas agora o sol está brilhando, e tudo está bem.

Ele sabia que não parecia estar totalmente normal. Podia sentir que tremia, e havia uma qualidade totalmente surreal no dia, como se talvez aquele fosse o sonho, e todos os horrores que experimentara fossem a realidade que estava esperando que ele acordasse. Entretanto, talvez isso ajudasse a fazer com que o primeiro-ministro acreditasse nele.

— Sonhos podem ser coisas estranhas — disse o primeiro-ministro para confortá-lo. — Eu acho melhor me ocupar, aí eles vão embora mais rápido.

— Exatamente. — O príncipe sorriu para ele. — Então o senhor vai organizar o jantar?

— Sem dúvida — disse ele. — Espero que seus amigos já tenham voltado até lá.

— Meu caçador é competente — disse o príncipe, fechando as mãos em punhos para evitar que tremessem. — Ele vai voltar quando tiver seu traidor, não antes. A menos que seus soldados o encontrem primeiro, é claro.

— É claro — concordou o primeiro-ministro.

— Então poderemos viver felizes para sempre.

O príncipe nunca ficou tão feliz na vida por fechar uma porta depois de entrar em algum lugar. Aquele ia ser um dia longo.

Ele seguiu, em parte, o conselho do primeiro-ministro e se manteve ocupado. Havia um nó em seu estômago de medo de que, de algum modo, o plano do caçador e de Rumpelstiltskin fosse descoberto, e, então, toda a ira da rainha e dos ministros cairia sobre ele. Ele não tinha medo das masmorras, apesar de ter certeza de que isso mudaria se fosse arrastado para lá, mas temia qualquer coisa que pudesse trazer a Fera de volta. Enquanto caminhava pelo labirinto com Bela, fingindo entusiasmo com a procura do caminho certo e rindo alto quando se deparavam com mais uma passagem sem saída, ele lutava para não pensar em imagens dos corpos emaranhados e no prazer extraordinário que ele sentira antes dos horrores da morte da criada. Como Bela podia ter causado aquilo tudo?

Finalmente, encontraram o centro do labirinto, um espaço circular com uma queda d'água e um banco de pedra decorado com criaturas da floresta, e Bela o puxou para si e o beijou de novo. Apesar de seu tormento interior, ele se viu respondendo a ela. O príncipe se lembrou das curvas cheias de seu corpo firme sob o vestido fino que a Fera tinha usado e sentiu uma necessidade súbita de rasgar-lhe as roupas e possuí-la brusca e rapidamente.

— Não aguento mais esperar a nossa noite de núpcias — disse ela, com carinho, os próprios olhos vidrados de desejo. — Quando finalmente vamos poder nos amar como deve ser.

Então, o príncipe ficou um pouco triste. Não conseguiu evitar. Ele achava que Bela era tão perfeita, e, ali no labirinto, *ela* era tão perfeita, que ele se perguntou se ainda estava, depois de tudo, um pouco apaixonado pela moça. A ideia o revoltou, e imediatamente tudo o que viu por trás de seus olhos foi sangue, e o calor do sol era como sua sensação em sua pele, e o ruído da queda d'água era o som de sua risada insana enquanto se divertia com a morte, mas mesmo assim ainda a desejava. "Será que era efeito de sua magia?", ele se perguntou. Como podia saber? Se voltasse a amar uma princesa, decidiu quando saíam e caminhavam para o castelo, ele ia garantir que fosse tão bonita por dentro quanto por fora antes de beijá-la. Qualquer que fosse o encanto que Bela tivesse sobre ele, logo estaria acabado, confortou-se. E quando estivesse longe dali, nunca mais pensaria nela nem na Fera.

Finalmente chegou o jantar, e o príncipe era o anfitrião perfeito, cuidando para que os copos de seus convidados estivessem sempre cheios e entretendo-os com histórias de sua vida no castelo do pai. Dedicou seu tempo a fazer perguntas aos ministros sobre suas famílias e seus papéis no gabinete da rainha, e eles, por sua vez, conforme o vinho corria, contaram-lhes histórias de sua cidade, que claramente os enchiam de orgulho. Em geral, ele ficou surpreso ao perceber que eram homens bons. Será que amavam tanto Bela, que toleravam a Fera? Ou simplesmente tinham medo demais para agir? Mais uma vez sentiu orgulho da própria coragem e do papel vital no plano de devolvê-los à segurança de seu sono. Ele bebeu seu vinho, com cuidado para não exagerar, e pensou no caçador. Era bom que ele ficasse para trás para botá-la para dormir; isso garantia que, quando voltasse para casa, o príncipe pudesse contar a história como quisesse, com quaisquer pequenos ajustes que fossem necessários. Essa era sua aventura. Seria contada do jeito dele.

— Boa noite, meu amor — disse o príncipe prestes a deixar uma Bela zonza e risonha na porta de seu quarto. — Até amanhã. Até o dia do nosso casamento.

Apesar de sua mente sã estar desesperada para se afastar dela e do castelo, seu coração lamentava por saber que, se tudo corresse bem, nunca mais veria seu rosto.

— Eu amo tanto você — ela disse, dando um abraço apertado nele. — Esta noite vou dormir a garota mais feliz deste mundo, sabendo que você vai ser meu marido. Vou sonhar com você e nossa felicidade até acordar, sonhar com quão perfeita será nossa vida juntos.

Ele ficou grato pelo fato de o rosto dela estar apertado contra seu peito, porque, apesar de o príncipe ser fraco e egoísta e parte de sua mente ser mais pervertida do que jamais podia imaginar por sua experiência com a Fera, não se considerava um homem cruel. Saber que ia mandá-la para a morte doía dentro dele, um eco da felicidade dela. Ele gostava de Bela, daquela garota doce, como alguém podia não gostar? O príncipe sentiu cada um de seus defeitos como facas em sua pele, e por um instante ela era apenas Bela, não havia Fera.

— Sonhe conosco para sempre — sussurrou ele. — E seus sonhos podem ser maravilhosos.

— Ah, eles vão ser — ela disse, abraçando-o ainda mais apertado. — Meu sono será maravilhoso porque amanhã vamos nos casar.

Quando o príncipe finalmente foi embora, não olhou para trás. Não conseguiu fazer isso. Então ouviu o estalido de uma maçaneta girando, e ela desapareceu.

— Então você não vai ficar? — disse ele, um pouco desapontado quando soube do plano novo. Eles se encontraram mais ou menos uma hora depois que o príncipe voltou para seus aposentos. O lobo, uma parte da história que para o príncipe poderia ser contada mais tarde, ficou tomando conta do lado de fora enquanto foram buscá-lo. Ele tinha vestido as roupas com as quais chegara, sua capa real recém-lavada, e montes de toalhas foram arrumadas sob os lençóis para dar a impressão de que havia alguém dormindo ali. Com tudo pronto e suas coisas arrumadas e preparadas para partir, ele recuperou um pouco de confiança.

— É melhor assim — disse Petra. — Ele conhece a floresta, e a floresta o conhece. Se alguém tem uma chance de abrir caminho através dela, é o caçador.

— É — disse o príncipe. — É, eu acho que sim. — Ele sorriu para o caçador. — Vai ser bom voltar juntos. — Pensando bem, por muitas maneiras, seria mesmo. O príncipe não tinha certeza absoluta de achar o caminho de volta pela floresta sozinho, e ele já vivera aventuras para uma vida inteira. E em relação a como a história seria contada ao rei, duvidava de que o caçador se importasse. Ele era um tipo rústico, mas não era burro. Sabia que não devia contradizer um príncipe. — Vou garantir que você seja recompensado por sua oferta mesmo assim — concluiu.

O caçador apenas balançou a cabeça, mas o príncipe gesticulou com a sua, como se não fosse nada. Eles estavam partindo, e isso era tudo o que importava.

— Vocês querem ficar aqui a noite inteira conversando sobre isso, ou acham melhor ir andando? — perguntou Petra. O caçador a segurou pelo braço quando se virava na direção da porta.

— Eu ainda não estou satisfeito com isso — disse ele.

— Bem, eu estou. — Petra deu um sorriso, e seu rosto pequeno e delicado estava transformado em algo lindo. — Vamos ter cem anos juntos, e, depois disso, vamos envelhecer. Que outros amantes tiveram essa oportunidade?

Rumpelstiltskin estava tirando com cuidado o fuso de sua mochila, e a garota olhou para ele com uma estranha afeição enquanto abria a porta do quarto e os conduzia de volta para o corredor, com o lobo imediatamente se esfregando em suas pernas. Ela parou mais perto do caçador, para que não fossem ouvidos pelo velho.

— Quando voltar para a floresta, diga a ele que precisa ir à casa de minha avó e contar a ela sua história.

— Por quê?

— Só me garanta que ele faça isso. É importante. Além disso, faça com que ele diga a ela para me ouvir do outro lado do muro da floresta. Ela virou o rosto para cima e deu um beijo na face do caçador, e então fez a mesma coisa com o príncipe antes de pegar o fuso com Rumpelstiltskin. — Agora vão.

— Dou a você esta mágica — disse Rumpelstiltskin. — Espero que traga a você mais sorte do que trouxe a mim.

Petra sorriu para o velho.

— E trará. E desta vez vamos garantir que funcione.

— Boa sorte — disse o príncipe, com os pés coçando para ir embora. Cada segundo que perdiam ali era mais um momento para serem pegos.

— Três horas, lembrem-se — disse Petra. Ela sorriu mais uma vez, e então, com sua capa vermelha flutuando às costas e conduzida pelo lobo azul, virou-se e correu pelo corredor na direção dos aposentos da rainha.

CAPÍTULO 12

"Vão ver a rainha!"

O muro de floresta lutava contra eles a cada centímetro do caminho enquanto os três homens cortavam e se esgueiravam através de galhos e cipós, repetindo o método que o caçador, Petra e o príncipe tinham usado, mantendo um pequeno espaço aberto enquanto cortavam para abrir o seguinte. Ninguém falava enquanto trabalhavam, todos os três conscientes de que não estavam indo depressa o bastante. A floresta tinha sido difícil antes, mas desta vez os galhos pareciam agressivos. Mesmo antes de andarem meio metro a camisa do príncipe foi rasgada e deixou um pequeno pedaço de pano preso a um espinho atrás deles.

O reino encantado ainda estava visível através do emaranhado, e eles deviam estar trabalhando naquilo havia mais de uma hora. Mesmo no meio da noite, estava muito quente, e todos arfavam e xingavam baixinho a cada pequeno passo à frente.

— Será que vamos conseguir? — perguntou sem fôlego o príncipe.

— Talvez — resmungou o caçador, golpeando um galho grosso com sua machadinha. — Talvez não. E se acordarmos daqui a cem anos com árvores nascendo dentro da gente, eu diria que não conseguimos.

— *Ei!* — A luz de uma tocha flamejante passou por eles, e um cavalo relinchou quando a patrulha parou.

— *Senhor, veja! Tem alguém abrindo caminho pela parede!* — A luz batia forte contra os ramos, e por um segundo os três homens congelaram, mas não adiantou nada. Eles tinham sido vistos.

— *É ele! Rumpelstiltskin! Atrás dele!*

— *Você, volte para o castelo! Rápido. Avise aos ministros!*

De repente, o verde atrás deles estava sendo atacado com vigor por espadas, e um grupo de soldados os seguia parede adentro.

O caçador golpeava a parede mais depressa, desesperadamente consciente de que apenas cerca de um metro os separava e de que os soldados eram mais fortes.

— Vamos, vamos — murmurou o príncipe, jogando o peso contra os arbustos resistentes para que o caçador pudesse avançar um pouco mais.

— Estou fazendo o que posso — reclamou o caçador.

— *Eu posso vê-los. Os desgraçados! Eu posso vê-los!*

Houve um brilho de aço quando os homens atrás deles se projetaram para a frente, enfiando as lâminas entre os galhos.

O príncipe gritou quando a ponta de uma espada o acertou no lado do corpo.

O caçador descobriu que conseguiu trabalhar mais depressa depois disso.

Petra tinha puxado uma cadeira para o lado da cama da rainha, e com o lobo ao seu lado, às vezes lambendo sua mão, ela segurou o fuso no colo e observou Bela dormir enquanto os minutos silenciosos se passavam. O príncipe fizera bem o seu trabalho, e ela estava morta para o mundo. A frase doeu no coração de Petra com a verdade que continha. Se tudo corresse de acordo com o plano, ela nunca despertaria outra vez.

Ela não podia evitar sentir pena. Apesar da fera que vivia dentro dela, Bela era a mais doce das garotas, e, com magia de feiticeira das águas ou não, Petra se sentiu mal por ela. As coisas terríveis que eram sua natureza também não eram sua culpa. Petra imaginou que se Bela soubesse o sofrimento que infligia em seus súditos, ou o que fizera com o pobre de seu pai, ela mesma espetaria o dedo. Apesar disso, parada ali tão imóvel, ela parecia perfeita.

Petra se perguntou quantas horas mais nas décadas vindouras se sentaria naquela cadeira e pensaria na garota que dormiria até que a última gota de seu sangue escorresse. Ela passou os dedos no pelo grosso do lobo, confortando-se no calor de sua cabeça.

De repente, as orelhas do lobo se levantaram e ele rosnou alto. Todos os pensamentos na vida trágica da rainha sumiram quando Petra se sentou ereta com os nervos à flor da pele.

— O que foi, Toby? — murmurou, mas, em menos de um segundo, teve a resposta. Havia movimento nos corredores. Lá fora, o barulho de pessoas chamando umas às outras com urgência chegou até eles. Apesar da vontade de se levantar e olhar, Petra ficou ao lado da cama, com a mão pairando sobre os dedos brancos e delicados de Bela. Seu coração se acelerou conforme o barulho no corredor ficou mais alto, passos que corriam de um lado para o outro e homens que gritavam ordens.

Seu coração se acelerou, e os pelos da espinha do lobo se eriçaram tanto que ficou parecendo ainda mais uma fera magnífica e fantástica. Petra precisava dar o máximo de tempo possível a Rumpelstiltskin e ao caçador para escapar. Eles não mereciam cem anos de sono, nem acordar com todos os que amavam perdidos. E sua avó não merecia morrer sem saber da escolha de Petra ou conhecer Rumpelstiltskin. Ela cerrou os dentes. Estava pronta para fazer aquilo, mas só no último minuto.

À medida que o barulho aumentava em torno deles, Bela se mexeu, mas não acordou. O lobo estava pronto para pular e prendê-la se ela tentasse fugir, mas Petra torcia muito para que as coisas não chegassem a esse ponto. E se a Fera despertasse quando estivesse apavorada? O que aconteceria com todos eles?

— *O príncipe sumiu!* — gritou uma voz. — *Ele nos enganou!*

— *Vão ver a rainha! Vejam se sua majestade está em segurança!*

Petra olhava tão fixamente para as portas principais do quarto da rainha, que a entrada secreta oculta em um painel lateral deslizou, abriu-se, e o primeiro-ministro entrou sem que Petra percebesse. Com o susto, quase derrubou o fuso, e o lobo, com um rugido, se preparou para saltar.

Por um instante, em meio a toda a comoção do lado de fora, o homem não disse nada. Ele olhou fixamente para Petra e o fuso e depois para a garota na cama.

— Fique quieta — disse ele, e então correu para as portas.

A mente de Petra girava e ela mantinha uma das mãos firme no lobo, que ela sentia estar prestes a saltar e rasgar a garganta do ministro para protegê-la. A garota ainda tinha tempo para fazer o que era preciso. Mesmo se ele gritasse *assassinato* a plenos pulmões no corredor. Não havia necessidade de mais derramamento de sangue que o necessário, mas o lobo, apesar de ainda ser Toby, pensava em termos menos sutis que ela.

O primeiro-ministro abriu uma fresta na porta.

— Sua majestade está dormindo, ela está bem — disse ele baixinho. — Agora procurem o príncipe!

Ele fechou a porta novamente e se encostou nela. Por um bom tempo ficou olhando para Petra, e ela viu o conflito no rosto dele, e então a tristeza cansada que carregava pela própria cumplicidade com a Fera.

— Eles vão voltar — disse ele em voz baixa. — E ela vai acordar. — A Fera vai sentir o problema. — Ele caminhou até a janela e olhou para o reino pacífico lá fora por um instante, antes de se sentar na janela com um suspiro profundo.

— Se você vai fazer isso… — Ele esticou as pernas e apoiou a cabeça nas almofadas macias. — Então faça agora.

— Petra olhou para fora, para o céu que começava a mostrar os primeiros tons de púrpura do amanhecer, e torceu para ter dado a eles tempo suficiente, e então, depois de respirar fundo, com cuidado ergueu o braço magro da garota e enfiou nele o fuso afiado.

O caçador e Rumpelstiltskin puxaram o príncipe que sangrava e passaram pelo último galho assim que o ar em torno deles se moveu, e uma onda de calor passou pelos galhos que se apertavam, enchendo o ambiente com um aroma de mil tipos de cascas de árvore e folhas e flores. A parede brilhou e reluziu junto com as primeiras luzes do amanhecer.

Os três homens arfantes ficaram olhando, o príncipe um pouco encurvado enquanto o lado de seu corpo sangrava. Se antes achavam que a parede era densa, agora era completamente impenetrável.

— Bem, isso responde a uma coisa — disse o caçador, gesticulando com a cabeça na direção dos homens que tinham chegado tão perto atrás deles. Os soldados haviam caído no sono no mesmo momento, ficaram presos nos galhos, e as trepadeiras tão logo se enroscaram em seus membros. Após alguns segundos, não puderam mais ser vistos.

Todos ficaram olhando para a parede quando sentiram o alívio de sua liberdade, junto com a exaustão em seus membros.

— Quero ir para casa — disse sem forças o príncipe.

Rumpelstiltskin olhou ao redor, à procura de algo familiar.

— O que quer agora? — perguntou o caçador.

— A torre. — Não havia hesitação. — Vou me vingar daquela bruxa e visitar o túmulo de minha filha. — Sua liberdade da cidade e a volta de Bela a seu sono mortal não haviam reduzido seu amargor.

Ele olhou para o príncipe pálido que estava examinando a ferida em sua carne com mais que um toque de horror. — E depois eu volto para fazê-lo cumprir sua palavra.

O príncipe assentiu, mas não falou nada.

— Tem mais uma coisa — disse o caçador enquanto jogava a bolsa sobre ombro e se preparava para seguir em frente. — Uma coisa que Petra me fez prometer dizer ao senhor. Ela disse que era importante. Sobre visitar a avó dela…

O amanhecer tomou a cidade silenciosa quando a primeira gota de sangue tocou o chão ao lado da cama da bela adormecida. No copo ao lado de seu leito, havia uma rosa levemente murcha. Petra deu a Bela um último olhar e então saiu para o corredor para se juntar a Toby. Ele sorria para ela, que se sentiu feliz.

— Agora chega de lobo por um mês — disse ele.

— Que vergonha — disse ela, tomando-o pelo braço. — Ele é uma criatura tão bonita. Acho que vou ter que me virar com você à noite até lá. — Eles passaram com cuidado por cima dos corpos adormecidos e seus sapatos ecoaram sobre o mármore, os únicos pés que caminhariam naqueles corredores por muito, muito tempo. — Vamos tomar café da manhã. Estou faminta.

— Acha que eles conseguiram? — perguntou Toby enquanto pegavam a escadaria em curva.

— Acho que sim — ela respondeu. — Essa aventura merece um final feliz. — Ela pousou a cabeça no braço dele. — Além do nosso.

— Mas que história toda é essa de sua avó? — perguntou ele. — E Rumpelstiltskin?

O sorriso dela se abriu mais ao pensar em como aqueles dois ficariam felizes quando se encontrassem.

— Eu não podia contar a ele. Não acho que teriam me deixado ficar aqui se eu tivesse contado. Minha bisavó me fez esta capa, sabe? Bem, ela fez para minha avó. Ela me disse que era sua cor favorita porque a fazia se lembrar de seu pai.

— Não estou entendendo — disse Toby. — O que isso tem a ver com Rumpelstiltskin?

— Ela era uma mulher estranha — disse Petra. — Chegou à aldeia de repente quando tinha 22 anos. Quando minha avó era pequena, ela lhe contava histórias da sua infância, de ficar presa em uma torre por uma bruxa até ser salva um dia por um belo príncipe. — Ela fez uma pausa. — As coisas com certeza não funcionaram, contudo ela deixou minha avó e depois minha mãe e depois a mim com um cinismo saudável e arraigado em relação a príncipes encantados, mesmo que nunca tenhamos acreditado nas histórias.

Toby se virou e a encarou.

— Você acha que sua bisavó era a filha de Rumpelstiltskin?

A luz do sol entrava pelas janelas do castelo, e Petra sabia que ia ser um dia lindo.

— O nome dela era Rapunzel — ela disse. — Então, sim, acho que era.

Epílogo

— Você fique aqui — disse o caçador depois de enfaixar o ferimento do príncipe com cuidado e acender uma fogueira. — Vamos montar acampamento para esta noite e então amanhã descobrimos onde estamos.

De algum modo, e ele se perguntou se teria sido obra dos estratagemas da floresta, tinham perdido o rumo, e até o caçador achou que podiam ter se desviado para um reino diferente, em vez de o reino do príncipe. Apesar disso, o que mais podia acontecer com eles? Descansariam bem e seguiriam adiante. O ferimento do príncipe não ia matá-lo, e alguns dias a mais na floresta não fariam mal nenhum a eles.

— Não demorem muito — disse o príncipe; uma imagem triste, enrolado em sua capa real, com o rosto pálido e suado. — Não quero ficar sozinho. Fico pensando nela. Em Bela. — O caçador deu-lhe um tapinha suave no ombro.

— Essas matas são ricas. Têm bastante comida, e vou voltar bem depressa. Ele pegou a bolsa e a levou com ele, mesmo que só precisasse da faca. O caçador ganhara os sapatinhos de diamantes, mas, se o príncipe os encontrasse, teria de desistir deles, e algo selvagem e animal em sua alma lhe disse que não podia deixar que isso ocorresse.

O príncipe ficou olhando fixamente para o fogo, dividido entre a tristeza e a comemoração, entre a Bela e a Fera, então deixou a clareira.

Era um dia quente na floresta, e apesar de isso fazer com que o suor provocasse cócegas em seu peito, agradava ao caçador. O calor deixava os animais mais lentos, assim como os homens, e, mesmo com todas as suas habilidades que lhes garantiam que teriam carne sobre o fogo à noite, a tarefa seria mais fácil do que esperava. O caçador podia contrabalançar a preguiça que vinha com o calor e se forçar a ficar alerta. Era improvável que ocorresse o mesmo com os animais naquela floresta densa. Até agora, além de uma velha com jeito de bruxa correndo entre as árvores pouco antes de avistar o veado, havia visto poucos sinais de presença humana e nenhuma trompa soprando para anunciar uma caçada real. Ali era um lugar selvagem. Ele gostava disso…

FIM

O fim... ou é apenas o começo?

No alto de sua torre, a esperta bruxa sorriu,
Pois, ao seu redor, fusos mágicos tinha ela mil.

Como era fácil com os homens jogar,
E agora Bela estava outra vez a sonhar.

Uma princesa, coitada, amaldiçoada por inteiro.
Para salvá-la, só uma chance: de um rei o amor verdadeiro.

Os reinos iam mudar. Haveria guerra e medo.
E Bela ia dormir mais cem anos após furar o dedo.

O que aconteceu era um grande mistério
Ela, porém, tinha grande fé em um beijo sincero...

Agradecimentos

Em primeiro lugar, tenho de agradecer a meu editor, Gillian Redfearn, que começou estes contos de fadas comigo, sem cuja colaboração não seriam tão mágicos. Em segundo, ou, na verdade, empatado, pois tenho certeza de que Gillian concordaria, a todos no departamento de capas da Gollancz que tornaram o livro uma alegria para segurar e olhar. Agradeço também a Jon e Genn seu trabalho duro na divulgação, e à minha agente, Veronique, sempre presente quando precisei dela.

Em um nível mais pessoal, obrigado a Lou Abercrombie e Muriel Gray pelas palavras simpáticas sobre o livro, e à minha companheira de apartamento, Lee Thompson, por aguentar as caixas de livros, que chegavam, papel espalhado por toda a parte e meu estresse normal de escritora. E por me comprar vinho, quando necessário.

Leia agora uma entrevista com Sarah Pinborough sobre os livros da saga Encantadas

Sarah Pinborough está rapidamente se juntando ao clube de autores cujo trabalho desafia a fácil categorização. Embora tenha iniciado sua carreira como autora de livros de terror, ela também já escreveu textos de ficção científica – que incluem dois romances da série *Torchwood*, ambos bem recebidos pela crítica –, o romance policial histórico *Mayhem* (Mutilação), publicado pela Jo Fletcher Books, um selo da Quercus Books, um roteiro para o seriado da BBC, *New Tricks* (Novos Truques) e mais recentemente uma trilogia da editora Gollancz, que reconta contos de fadas – às vezes de maneira um pouco perturbadora. Paul Simpson se encontrou com a autora em meados de março para uma entrevista:

Como se originaram essas três obras: Veneno (Única, 2013), Feitiço (Única, 2013) e Poder (Única, 2014)?

Eu diria que foi mais uma questão social que propriamente de trabalho. Quando *Once Upon a Time* estava passando na TV, Gillian Redfeam, minha editora na Gollancz, estava assistindo e, coincidentemente, eu também estava assistindo. Sei que parece sexista, mas em geral eu não costumo assistir programas para garotas – e esse parecia ser exatamente isso. Todos que o apreciavam eram mulheres; os homens não pareciam tomar conhecimento dessa série. Gillian e eu adorávamos e costumávamos trocar mensagens sobre ele.

Um dia nós estávamos almoçando e ela perguntou: "Como você se sentiria sobre a ideia de recontar alguns contos de fadas?", e eu disse: "Bem, eu nunca havia pensado nisso, mas, sendo uma escritora profissional... Eu posso..."

Os representantes da editora se envolveram em negociações bastante acaloradas com a minha agente – que, aliás, foi bem dura com eles. Deus a abençoe, pelos três livros. Devo dizer que durante todo o tempo em que eles conversaram eu estava em pânico. Ficava pensando que não sabia exatamente o que iria fazer, tampouco se seria capaz de fazê-lo. Foi então que a reviravolta final para a história *Veneno* surgiu em minha mente e, de repente, compreendi como faria para interligar as três histórias.

São três livros autônomos, mas, ao mesmo tempo, eles formam um círculo. Desse modo, independentemente de onde você começar, cada história estará completa.

Então todas as histórias acontecem simultaneamente?

Não. *Veneno* é a história do meio. A história de *Feitiço* nos leva à história de *Veneno*, que, por sua vez, nos transporta até o livro *Poder*. Então, embora os protagonistas sejam diferentes em cada livro, todos os demais personagens aparecem nas três histórias. Eu planejei de tal modo que onde quer que o leitor começasse, seria possível estabelecer diferentes níveis de simpatia pelos personagens – você teria mais simpatia por determinado personagem se começasse pelo livro dois, mas isso não afetaria sua leitura nos outros livros. Nesse aspecto o trabalho foi bem delicado. Fiquei muito satisfeita com o resultado final.

Então, podemos presumir que você planejou toda a trilogia antes mesmo de começar?
Obviamente tive de preparar um esboço das três histórias para mostrar à editora o que eu estava planejando, mas devo dizer que o conteúdo do terceiro livro foi levemente alterado, uma vez que alguns detalhes tiveram de ser ajustados nos dois primeiros à medida em que eu os escrevia. Por sorte, pelo fato de os três livros serem lançados em datas tão próximas, consegui fazer as alterações necessárias nos dois primeiros livros enquanto ainda escrevia o terceiro. Em geral, isso é impossível em uma trilogia – nas outras trilogias que escrevi eu dizia a mim mesma: "Oh, meu Deus, agora eu me coloquei em uma enrascada..."

Por que se decidiu primeiramente por *Veneno*?
Foi o primeiro para o qual tive uma boa ideia. De fato, somente quando já estava planejando o segundo e o terceiro livros eu imaginei que eles poderiam funcionar dessa maneira. Embora seja a história do meio, *Veneno* é o começo natural da narrativa.

Eu queria me dedicar a contos de fadas que todos conhecessem, e Branca de Neve é um dos mais famosos; eu não queria algo que fosse demasiadamente obscuro. Não haveria graça em fazê-lo.

Então funciona mais ou menos como *Into the Woods* (Na Floresta), pois toda a plateia já conhece as histórias e consegue visualizar o que Sondheim está fazendo com elas.
Exatamente.

Você escreveu personagens bem atuais em histórias que tradicionalmente acontecem em ambientes medievais. Essa dicotomia lhe causou problemas?
A primeira, sim. Demorou um pouco até que eu pegasse o jeito. Fiquei bastante nervosa quando entreguei o trabalho. Pensei: "Meu Deus, há um grande contraste entre os personagens modernos e o mundo dos contos de fadas". Contudo, ao mesmo tempo eu acreditava que aquele seria o único jeito de escrever sobre o tema para os leitores de hoje. As mulheres dos contos de fadas tradicionais são muito doces e previsíveis: elas vestem belos vestidos, ficam presas em algum lugar, o príncipe as salva ou elas se casam e então têm um bebê... Não há muita ação nos contos de fadas!

Espero que os homens também gostem dos livros, mas confesso que escrevi prioritariamente para o público feminino, o que é muito incomum para mim: a maior parte do meu material é um tanto obscuro e tenho muitos personagens do sexo masculino. Foi muito interessante para mim me colocar dentro dessas perspectivas femininas.

Acho que para nos conectarmos a essas mulheres é preciso que elas tenham motivações reais. Foi complicado tentar manter um equilíbrio, mas eu tentei abordar esse trabalho como se eu estivesse escrevendo um romance de fantasia, ao estilo conto de fadas.

Entretanto, fortalecer os personagens femininos é quase como ir contra o próprio tema da história. Sem correr o risco de revelar a reviravolta em *Veneno*, pode-se dizer que Branca de Neve assume bem mais o controle da situação, tanto no que diz respeito à madrasta como ao seu relacionamento sexual com o príncipe.

Minha editora gargalhou com um trecho da história – ela o considerou perfeito, mas o trecho só a fez rir. Embora os três livros tenham cenas de cunho sexual, eu não queria que o sexo ali parecesse forçado na história; eu queria que ele dissesse algo sobre os personagens, sobre como eles são, esse tipo de coisa.

No início você quase se utiliza da tradicional técnica de "fechar a porta" nas cenas de sexo..., porém, mais adiante no livro você abre essa porta.
No caso dos dois livros seguintes, eu os escrevi até o final e então retornei e acrescentei o sexo. Nenhum autor gosta de escrever cenas de sexo: é muito difícil fazê-lo de modo convincente. Quem escreve tem medo de cometer erros. Mas, pelo fato de contar com alguns momentos do tipo "porta fechada", ou com alusões ao ato sexual, imaginei que precisaria de algum tipo de compensação para mantê-los verdadeiros.

Isso também é importante para o que acontece depois das cenas de sexo...

Para mim, essa foi a parte mais moderna de tudo: você encontra uma pessoa séria e recatada, fecha a porta do quarto e então o que acontece não é de modo nenhum o que se esperava.
É, existe algo ali que se poderia chamar de dupla moral.

Onde estaríamos sem isso!
Exatamente.

Você disse que retornou às histórias e acrescentou as cenas de sexo, mas elas já eram partes essenciais dos roteiros?
Sim, eu diria que isso teve mais a ver como a minha perspectiva, pois pensei: "É melhor retornar a isso mais tarde. Gillian

me pediu que inserisse algumas partes. Já no terceiro livro, ela me solicitou que abrandasse alguns trechos, então acabei me aprimorando nisso. Há uma cena de orgia em *Poder* que tive de mudar um pouco para suavizá-la.

Isso ocupou seu tempo ao longo de vários meses; no que mais você trabalhou?

Eu também entreguei o livro *Mayhem* (Mutilação), que foi publicado com o selo Jo Fletcher Books, da Quercus, e no momento estou trabalhando em *Murder* (Assassinato), o segundo da série. Tenho outro livro para escrever para a Gollancz, então outro para a Jo Fletcher e finalmente outro para a Gollancz... quero que todos se saiam bem nas lojas, mas sinto-me imensamente orgulhosa por *Mayhem*. Esse foi o trabalho mais difícil que já realizei, pois se trata de um crime histórico, que alterna pessoas reais e personagens fictícios. É minha visão sobre crimes não solucionados, então precisei pesquisar muito. Nesse sentido os contos de fadas representaram um grande alívio para esse tipo de trabalho pesado.

Você os escreveu simultaneamente?

Na verdade, enquanto fazia a edição de um eu já pesquisava para o outro. Obviamente, no caso dos contos de fadas, a edição foi contínua, pois eles foram lançados com diferença de apenas três meses um do outro. Não houve intervalo entre eles. Também tinha de reescrever um filme, que estava esperando por mim! Além disso, tenho colaborado com F. Paul Wilson em um projeto um tanto apocalíptico. Por sorte ele se mostrou muito compreensivo quando tive de colocar esse trabalho em espera quando outras coisas surgiram em meu caminho. Trata-se de algo que realizamos por conta própria e que no início deveria ter cerca de 30 mil palavras, mas que já beira 60 mil. De fato, só decidiremos o que fazer com esse projeto quando o terminarmos.

Você está escrevendo algo para a TV?
Eu tenho um original em três partes, adquirido pela World Productions, responsável por *Line of Duty* e *The Bletchley Circle*. Eles estão trabalhando nisso agora. Talvez eu volte a trabalhar em *New Tricks* no ano que vem: acho que me saio melhor em trabalhos próprios que em textos de outras pessoas, mas é possível que eu colabore na próxima série.

No que se refere a roteiros de TV, embora o primeiro rascunho leve cerca de duas semanas apenas para ficar pronto, geralmente o processo como um todo representa cinco meses de trabalho intenso. Então, considerando meus compromissos em termos de livros, teria de avaliar cuidadosamente. A recompensa é boa, assim como a experiência, mas se eu tivesse feito isso com a série eu provavelmente teria enlouquecido.

Aquilo que você aprende ao escrever roteiros de filmes e séries de TV acrescenta alguma coisa ao seu trabalho na área de ficção, ou os processos são muito distintos?
Sinto que meus diálogos estão bem melhores nos livros que escrevi depois de trabalhar em filmes – eu diria que agora quando preparo um livro penso de modo um pouco diferente. Entretanto, são duas coisas bem distintas – a maneira como se monta uma história nas duas linguagens é muito diferente. No caso das telas, tenho de trabalhar com muito mais afinco, pois isso é muito mais novo para mim que escrever livros. Eu conheço meus hábitos e sei em que partes consigo escrever mais rápido e em que pedaços tenho mais dificuldade.

O processo de escrever roteiros de filmes é bem mais colaborativo: um número bem maior de pessoas pode participar, dar sugestões e optar. No caso do livro, o texto é seu. Talvez seu editor lhe peça para fazer algumas alterações, mas ainda assim é aquilo que você imaginou desde o início. No caso de roteiros e *scripts* há produtores, diretores, atores... cada um deles sugere mudanças. Acredito que seja pelo fato de muito dinheiro estar em jogo. Isso provavelmente me ajudou a aceitar melhor as críticas!

Alguns autores parecem acreditar que ao escreverem textos de fantasia e horror eles podem se utilizar de diálogos que não sejam "normais", mas, em geral, quando eles são escritos de maneira mais normal eu os considero mais eficientes...
Quando escrevi *The Hidden* (O escondido) para a Leisure, eles não costumavam preparar os textos. Eu entregava o material e eles mudavam "tinha" por "havia" e isso era tudo. Não havia preparação ou edição propriamente dita. Eu só recebia as provas, mas não havia uma curva de aprendizagem no processo.

Trabalhando com Jo Fletcher e Gillian Redfeam, aprendi muito. Meu filme se baseia no livro *The Hidden*, então tive de retornar ao texto e examiná-lo novamente. Hoje eu releio os diálogos e penso: "Jesus Cristo, o que eu estava pensando?".

Acredito que o diálogo seja a parte mais complicada para os romancistas, pois eles podem parecer um pouco forçados, particularmente em textos históricos ou de fantasia. Ele pode acabar com frases do tipo "vossa senhoria" e coisas assim. Quando eu era professora e ensinava as crianças a escreverem histórias, elas com frequência evitavam diálogos porque era muito difícil usá-los com naturalidade.

Você diria que tem sido uma escritora de ficção científica?
Eu diria que *The Dog-Faced Gods* (Os deuses com aparência de cães) é uma obra de ficção científica. *The Chosen Seed* (A semente escolhida) definitivamente é um livro de ficção

científica – ou pelo menos era isso que eu tinha em mente. Não sei como as pessoas o veem, mas para mim é isso. Jamais pensei nele como horror. Eu o vejo como crime e ficção científica. Nunca considerei a questão das moscas particularmente perturbadora, mas acho que pelo fato de eu ter escrito seis livros de horror antes desse, as pessoas acabaram achando que esse livro também se inseria nesse estilo. Se tivesse sido escrito por um novo autor, não acho que seria considerado como horror. Acho que é crime com uma pitada de fantasia, ou algo assim. Na época, as pessoas me conheciam como autora de livros de horror, então foi fácil categorizá-lo dessa maneira.

Sei que irritei algumas pessoas. Não me considero mais uma autora de livros de horror. Não escrevo histórias unicamente de horror. Acho que escrevo textos com elementos obscuros. Tenho certa tendência a escrever sobre o lado obscuro da vida... você nunca adivinharia isso!... Todavia, nunca escrevo sobre demônios ou fantasmas. *Mayhem*, sem dúvida, apresenta alguns momentos bastante sombrios e há um lado sobrenatural, mas a editora o divulgou como crime histórico e, inclusive, participei de painéis de discussão no Harrogate Crime Festival (Festival de Crimes da Harrogate).

Um problema que tenho em minha carreira – e de que gosto bastante – é o fato de não escrever sobre um tema específico. Tenho três contos de fadas e um livro de cunho histórico sobre crime! Ah, se eu pudesse pensar em uma série brilhante sobre crimes...

Este livro foi impresso pela Prol Gráfica em papel norbrite plus 66,6 g.